魔法公主 夏薇薇 ②
公主的守护者

顶猫的小姐/文　蜜桃老师/图

化学工业出版社
·北京·

图书在版编目（CIP）数据

魔法公主夏薇薇：公主的守护者 / 顶猫的小姐文；蜜桃老师图. —北京：化学工业出版社，2019.11（2025.6重印）
ISBN 978-7-122-34988-0

Ⅰ.①魔… Ⅱ.①顶… ②蜜… Ⅲ.①儿童小说-长篇小说-中国-当代 Ⅳ.①I287.45

中国版本图书馆CIP数据核字（2019）第166274号

MOFA GONGZHU XIAWEIWEI：GONGZHU DE SHOUHU ZHE
魔法公主夏薇薇：公主的守护者

责任编辑：隋权玲　　　　　　　　美术编辑：尹琳琳
责任校对：王素芹

出版发行：化学工业出版社（北京市东城区青年湖南街13号　邮政编码100011）
印　　装：涿州市般润文化传播有限公司
710mm×1000mm　1/16　印张12½　2025年6月北京第1版第2次印刷

购书咨询：010-64518888　　售后服务：010-64518899
网　　址：http://www.cip.com.cn
凡购买本书，如有缺损质量问题，本社销售中心负责调换。

定　　价：28.00元　　　　　　　　　　　　　版权所有　违者必究

跟随"幻之光芒",
那个能让你流出最晶莹的眼泪的人,
就是"公主的守护者"。

By Mr. Black Cat
(白尼斯杜特尔兰国王)

- 第1章 当魔术师遇见魔法公主

- 第2章 巴黎奇遇
  公主驾到 /006
  意外之喜 /012

- 第3章 猫梨七号
  冤家房客 /026
  守护者印记：首现 /031

- 第4章 幻之光芒
  以爷爷的名义 /044
  不能说的秘密 /055

- 第5章 公主出走
  被偷吃的蛋糕 /064
  寂寞的猫梨七号 /077

目录

- **第6章 神秘的画像**
  小公主的冒险之旅 /092
  大明星的荆棘之路 /104

- **第7章 渡鸦会**
  彩虹之穹的继承者 /114
  守护者印记：再现 /122

- **第8章 皇室封印**
  小公主的难关 /134
  最后的演出 /144

- **第9章 魔法对决**
  一句台词的风暴 /158
  华丽的战斗 /172

- **番外篇**

第 1 章

当魔术师遇见魔法公主

　　宁静的夏夜，舒适的空气在海滨小镇的大街小巷中蔓延。

　　黛蓝色丝绒般的星空下，来自魔法国度"彩虹之穹"的小公主夏薇薇站在许愿喷泉旁。

　　一团黑影从天而降！

　　不偏不倚，正好落在她的脚边！

　　夏薇薇弯下腰，歪着头，仔细看着地上的人。

　　大理石般温润的额头，高贵笔挺的鼻梁，安静闭着的双眼，睫毛又黑又密，简直是个王子哟！

　　五分钟后，他终于睁开了双眼。

　　哇！那么深邃的黑色瞳仁，里面好像有千万的星星在闪烁，好像全世界的星星都坠落到他眼睛里去了。

　　"你好，我是一个魔术师。不过今天比较倒霉，在赶去表演的途中从天上掉下来了……"

微醺的风中，夏薇薇公主的脸和魔术师的脸贴得那么近。她都能闻到魔术师身上散发出来的那种神秘的、淡淡的香味。

"漂亮的小姐，刚才的那一幕的确很糗，希望今晚一过你就可以忘记我。对了，接下来的一星期请不要看电视，里面会有我把埃菲尔铁塔变消失的报道。一想到居然在漂亮的小姐面前出糗……"

夏薇薇公主的脸上露出一个狡黠而优雅的微笑，她伸出一只纤细莹白的手，把魔术师拉了起来："这并不是你的错，因为你掉进了一个只有魔术师才会掉进的幻术时空。"

各位读者，这一幕是不是很眼熟？

一样的开头，不一样的经过和结果。

这一次，又会发生什么呢？

在很多年以后，当少年魔术师植安奎回想起他与夏薇薇的第一次见面时，仍然无法忘记那条宁静的石板街道、青铜的喷泉雕像——当然，还有那位身上流泻着星光的蔷薇少女。

第2章
巴黎奇遇

 公主驾到

 意外之喜

【出场人物】

夏薇薇，少年魔术师，林沐夏，乔森

【特别道具】

巴黎街头的神秘电话亭

公主驾到

　　置身熙熙攘攘的人流，看着街头闪烁的霓虹灯，晶莹剔透的橱窗里挂着名牌服饰，鳞次栉比的高楼大厦沿着街道蜿蜒排开……你一定对这样的景象不陌生吧？可是，你试过突然一下置身这样的场景之中吗？

　　就好比，前一秒还在图书馆里看书、在马桶上挤眉弄眼地找感觉、在公交车站台和朋友聊天说八卦……下一秒，一下子就来到了繁华无比的巴黎街头。不管是谁遇到这种情况，一定会感到不适。这种不适的感觉可轻可重，轻的，哇哇大叫，重的——就好比眼下这位，她拖着一个粉红色大旅行箱，才站了两秒钟，就咕咚一声晕倒在了箱子旁。

　　来自魔法国度"彩虹之穹"的十六岁小公主夏薇薇，被一股神秘的力量从幻术支撑的魔法时空一下子抛到了现实世界,来到了……她完全陌生的巴黎!街头的行人围拢过来,看着这个突然出现的"不明物体"。

"啊,居然是一位东方美少女!"

"黑丝绒一样的头发,樱桃一样的粉色嘴唇……"

"不会是中国商城做的什么促销活动吧?"

"喂喂,是不明飞行物协会吗?香榭丽舍大街出现了一个不明物体,不知道是不是飞来的!"

围观的巴黎市民议论纷纷,甚至有人很夸张地给"不明飞行物协会"打了电话。

幸好夏薇薇听不懂法语,不然她一定会无语得再在大街上躺个三天三夜。

"各位,叽里呱啦在说什么啊?"夏薇薇从地上爬起来,敲敲自己的头,"苍天啊,我怎么会突然被丢到这里?"她气鼓鼓地瞪着围观人群,直到那群金发碧眼、说着完全听不懂的语言的人渐渐离去。

夏薇薇把箱子横在路边,一屁股坐了上去。

"这到底是怎么回事呢?"

她蹙着眉头,认真回忆起来。

好像……好像……对了,脑子里跳出来一只黑猫。

是的,黑猫!

在夜色中,一只黑猫蹲在许愿喷泉池中的女神雕像上,俯视着夏薇薇说:"接下来还有新的使命和更大的考验等着你呢,我的小薇薇。"

那只黑猫是什么来头?那个弥漫着夏天气息的地方是哪

里呢？

是……某个用幻术支撑起来的时空吗？夏薇薇继续敲敲头。

是的，她又想起来了一点点……她记得，那只黑猫说完那句没头没脑的话之后，从女神雕像上跳了下来，敏捷地落进了喷泉池中。银色的月光被它漆黑的四爪搅碎，荡漾出层层涟漪。

黑猫消失在池中。

"新的使命和更大的考验……"夏薇薇望着眼前街上熙熙攘攘的人群自言自语。

"讨厌！讨厌！讨厌啦！"她开始双手托着下巴，一字一顿地喃喃说道，"我可是宇宙无敌美少女，来自魔法国度'彩虹之穹'的夏薇薇公主！可是，我却想不起来为什么自己会在这里。等一下……好像……好像……在那个幻术时空里，爸爸变成了黑猫……所以，那些话，是爸爸对我说的？"

突然灵光一现，所有的事情都汹涌而至，照亮了夏薇薇的小脑瓜。

"啊，原来是这么回事！"她舒展了一下双臂，因为找回了记忆，所以放下心来——身为魔法国度公主的自己太淘气，所以被爸爸的女仆——一个法力高强的女巫，暂时抹去了记忆，在幻术世界里成了一个又胖又穷的女孩。因为完成了银色沙漏之约，诅咒被解除，自己才恢复了"真身"。而新的历练，似乎与"彩虹之穹"皇室的秘密有关。爸爸曾经说过，要夏薇薇找到一个能让自己成功解决掉这次未知麻烦的人，他就是传说中的"公主的守护者"。

"可是，我要去哪里找他？"当时，站在黑猫跟前的夏薇薇问。

"跟随'幻之光芒',那个能让你流出最晶莹的眼泪的人,就是'公主的守护者'。"黑猫说。

想到这里,夏薇薇搓了搓双手,心里美滋滋的:这个地方看起来不错哟!难道爸爸安排我和那位什么什么守护者在时尚之都巴黎邂逅?橱窗里的东西看起来也蛮好吃的耶!在过去那个幻术时空里,自己曾经化身为一位大户人家的小姐,所以,对时尚、美食一类的东西,也毫不陌生哟!难道把我传送到这里,就是为了好好犒劳我?让我美美地吃上一顿,再疯狂购物?太好了,是不是只要打个响指,爸爸的女巫仆人就会出现?重新找回公主记忆的感觉真是太好了!哈哈哈哈哈哈!有一个女巫当仆人的感觉真是太好了!哈哈哈哈哈!咦,可是女巫在哪里呢?快出来,本公主要吃牛角面包、蓝莓布丁、戚风蛋糕、提拉米苏、奶酪芝士……什么好吃来什么。本公主还要好好逛逛这里的皮包店、服饰店,把好看的包包、鞋子、衣服一网打尽!

她打了半天响指,可是什么都没有出现。

可怜巴巴的夏薇薇打开随身的旅行箱一看,里面只有一些洗漱用具和衣物。

"完了,在一个购物圣地,我身上居然半毛钱都没有,真是情何以堪!"想到这里,夏薇薇真有大哭一场的冲动。

等……等一下……那……那是……什么?

正当泪眼婆娑时,夏薇薇眼角的余光却看到远景在悄然改变。

擦了擦眼睛再看,不远处立着一座巨大的塔!那座塔就像一个"A"字,而且,正在一点一点消失!

周围的人都停下了脚步,注视着那座高塔。商店橱窗里的电视也开始直播这座塔的"消失"。人们议论纷纷,无论是街边的行人还是电视里的主持人,都在说着"La Tour Eiffel""La Tour Eiffel"……

这个词听起来有些耳熟啊?

"里面会有我把埃菲尔铁塔变消失的报道。"脑子里蹦出的这句话,把夏薇薇吓了一跳。

是在哪里听过呢?是谁对自己说的呢?赶紧想起来,就有救啦!在举目无亲的巴黎,至少可以向这个人借点路费回家啊!

对了,就是在幻术时空被关闭的那个夜晚!

"漂亮的小姐,刚才的那一幕的确很糗,希望今晚一过你就可以忘记我。对了,接下来的一星期请不要看电视,里面会有我把埃菲尔铁塔变消失的报道。一想到居然在漂亮的小姐面前出糗……"那个——那个家伙,他就是这样说的!

他看着她说出那番话时,深邃的黑色瞳仁里面好像有千万的星星在闪烁——没错,好像全世界的星星都坠落到他眼睛里去了。

难道这就是那个家伙说的什么"埃菲尔铁塔"?哇,真是吉人自有天相,没错,那应该就是埃菲尔铁塔!此刻,它居然正在一点一点消失!在光天化日、众目睽睽之下,那座被认为是巴黎名片的巨大建筑物,正一点一点变没,好像有一只无形的手将它拽入了异度时空!

那家伙……他真的是个魔术师!他真的把埃菲尔铁塔变没了!

周围响起一阵欢呼声和掌声。街边店铺里的电视正在直播这一切。主持人激动地介绍着魔术师的情况。电视里出现了那位魔术师的照片——果然是他,那个从天而降的少年魔术师。

"耶,有救了!"夏薇薇高兴得跳了起来。

拖起大旅行箱,夏薇薇脸上带着觅到饭票的狡猾和幸福,一路狂奔起来:"目标——埃菲尔铁塔!"

意外之喜

埃菲尔铁塔在半小时后被重新变了回来。

整个巴黎沸腾了,夏薇薇穿梭在这沸腾的城市街道中,一点都高兴不起来。

因为——几分钟前,当她好不容易到了埃菲尔铁塔脚下,远远地看到"救命稻草"被围在一群记者和粉丝中间,自己却怎么也挤不进去。

"喂,喂!"夏薇薇干脆把箱子往地上一放,站了上去,挥着双手跳了好几次。

"你还记得我吗?喂——"她在箱子上不停跳动着大声喊。

"是你。""救命稻草"终于注意到了夏薇薇,朝她微微一笑。

啊,他还记得我!太好了!夏薇薇挤出一个夸张的甜蜜笑容:"是我啦!我遇到了一点点麻烦,你能不能……"

这时，记者和粉丝们开始簇拥着少年魔术师走向一辆加长宾利车。

"喂——"夏薇薇急得大喊。

"我就知道你会来现场看我的表演！我会继续努力的！"少年魔术师一边走远，一边回过头来，自作多情地冲她款款而笑。

"喂——你——"夏薇薇挥舞双手，但是无济于事。

那个家伙已经猫腰钻进了宾利车。记者们扛着长枪短炮，闪光灯一路狂闪。粉丝们也继续保持着饱满的热情，做呼天抢地状。夏薇薇跳动的小小身影淹没在了这些狂热的人流之中。

"你能不能借我五百块……"她只好弱弱地吐出这句话。很显然，"救命稻草"已经不可能听到了。

看着骄傲地驶走的宾利车，夏薇薇的眼神也迷离绝望起来。就好像那是一辆满载着牛角面包、蓝莓布丁、戚风蛋糕、提拉米苏、奶酪芝士，还有巴黎所有潮流时装的车……他有什么好骄傲的嘛，把埃菲尔铁塔变消失有什么了不起？那个家伙刚刚用的明明是魔法，不是魔术！

找回自己的记忆，夏薇薇感受到了血液中魔法国度的召唤，她现在能轻易发现行走在人间的魔法师。他们都喜欢伪装成魔术师的样子，刚刚那个骄傲的少年魔术师，就是一个会魔法的家伙。

耷拉着脑袋，夏薇薇继续走在巴黎的街道上："女巫仆人不出现，还遇到一个帮不上忙的讨厌的家伙……啊，我为什么这么命苦！"

突然，有人在叫夏薇薇。

"夏薇薇！"

"夏薇薇!"

"夏薇薇!"

没错,一连三声,就是这么叫的。

夏薇薇疑惑地举目四望,周围的人还是那样行色匆匆,没有一个人在叫她。不过,旁边还是有些古怪:一个红色的电话亭,很突兀地立在那儿。

叫声好像就是从电话亭里传出来的。

她站住了,看着听筒。

"好奇怪的铃声,就像是在叫我的名字。"

夏薇薇迟疑地打开电话亭的门,走了进去。

话机近在手边,铃声越来越大。

她拿起了听筒——

里面没有一点声音。

悻悻地挂上电话,夏薇薇摸摸额头:"我是不是出现幻听了?"

正在这时,话机的端口却像自动取款机一样,噼噼啪啪地吐出了一张硬纸条。夏薇薇伸手取下,拿到眼前一看,居然是一张机票!

机票上写着旅客姓名:"夏薇薇",还有目的地:"中国南道市"。

"哇!"夏薇薇惊讶得张大了嘴巴。

这时,话机又噼噼啪啪地吐出了一张纸条。夏薇薇一看,上面写着一个奇怪的地址:

中国南道市 猫梨七号。

"哇！"她只剩下继续合不拢嘴的份儿。

还会不会吐出什么呢？这个公共电话机，真是太神奇了！夏薇薇仔细打量着面前的红色话机，它看起来就是一个普通的话机嘛。难道女巫仆人悄悄跟在自己身后，对话机施了魔法？夏薇薇左顾右盼，透过红色电话亭透明的玻璃门，看到的仍然只是行色匆匆的人群。还有一些漂亮的法国姑娘正在开心地议论着什么，她们手里拿着杂志，杂志封面上是那个讨厌的少年魔术师。

一想到那个讨厌的家伙，夏薇薇就气不打一处来。

爸爸说的"新的使命和更大的考验"还没有开始，在这个世界却遇到了"他乡遇故知，故知不借钱"这样倒霉的事情，真是出师不利！而且自己偏偏孤独无助，只认识他一个！

突然，一阵欢畅的噼噼啪啪声打断了夏薇薇的思路。哇，话机的端口居然陆陆续续吐出了一些花花绿绿的零钱。

夏薇薇赶紧把这些零钱收起来，现在，她的手心里紧紧攥着一张机票，一张写有奇怪地址的纸条，一把零钱。

她站在电话亭里等了半天，话机变得安安静静的，不再吐出任何东西。

好吧，还能怎么办呢？看样子是非去南道市不可了。

机票上印好的飞机起飞时间，就在两小时后。夏薇薇拖着行李箱走出了电话亭，拦了一辆出租车。

出租车抵达机场，一看计价器上的数字，不多不少，刚好和夏薇薇手里的零钱一样多。

付了钱，夏薇薇拖着旅行箱走进机场大厅，迎面就看到真人大小的广告牌——还是那个讨厌的家伙！他好像真的很红，居然还做了什么品牌的代言人，啊，讨厌！讨厌！讨厌！

机场里各国的旅客来来往往，大多都是身材高大的欧美人。夏薇薇觉得自己越发可怜，简直就是一个发育不良的少女啦啦队员穿梭在一群篮球队员中间。

这时，身后响起急促的脚步声。夏薇薇扭头一看，两个身穿黑色西装、戴着黑色墨镜、耳朵上别着耳麦的白种人正朝着她的方向跑过来。夏薇薇低下头，手上一使劲，拖着行李箱加快了脚步。可是，身后的脚步声也越发急促了。夏薇薇小跑起来，不好，身后的"追兵"也小跑了起来！

心里小鹿乱撞，夏薇薇吓得不敢回头。

"喂！"身后有人喊。

没办法，跑不掉了。夏薇薇深呼吸，站定，回头。

"小姐，行李请让我们代劳。您要去哪里？"来人中的一个用蹩脚的中文说。

"我不认识你们，你们是谁？"

"请不要害怕。您一个人提着这么大的行李箱，我们的主人觉得有必要展现一下绅士风度，让我们过来帮助您办理登机手续。"对方礼貌地说。

"你们的主人？"

"是的。他也是位中国人。"

啊，看来真是踩到狗屎了，好运连连！虽然意外频出，但都是好消息！因为自己的黄皮肤黑眼睛，不知道被哪位好心人当成了同胞。这样的好心人一定会有好报的！哈哈哈哈哈！哼哼，连素未谋面的人都肯出手相助，比起那个讨厌的家伙来……唉，说起来，那家伙真是靠不住，不要说爸爸给的任务了，出于黄皮肤黑眼睛的"同胞"情谊借几百块钱都做不到，想一想就觉得他讨厌一百倍了呢！

在那两位"黑衣人"的帮助下，夏薇薇很顺利地办完了手续，登上了飞往中国南道市的航班。

找到位置坐下来之后，夏薇薇意外发现在陆陆续续登机的旅客里，又出现了刚才帮忙的那两个人的身影。

"你们好！今天真是太谢谢你们了！"夏薇薇挥手和他们打招呼。

他们朝夏薇薇点了点头，开始警惕地用目光扫视飞机座舱里的一切，扫了一圈，又对着耳麦说了几句，便走到前面的头等舱去了。

不一会儿，飞机起飞了。

飞行平稳之后，空姐送来了各种饮料。

夏薇薇一口气要了三种不同颜色的饮料，开心地喝起来。

虽然不知道在这个世界里，有什么考验或是危险等着自己，但天生就乐观又没心没肺的她，当然不会错过这个放松的享受时光啦。

咦，怎么又看到那两位朝这边走过来？

黑衣人果然是来找夏薇薇的，他们走到夏薇薇身边，做了一个"请"的手势说："我们的主人请您过去透透气，吃些点心。"

他们说话的时候，朝着头等舱示意了一下。夏薇薇这才明白，原来自己刚好和那个好心的中国人同乘了一架航班。难怪刚才看到了这两个黑衣人，一定是他们在为头等舱的主人做例行的安全检查，要观察整个座舱有没有可疑的人。

这样身份的人，一定来头不小。

"嗯，我也正要找机会感谢他呢！"夏薇薇微微一笑，站了起来，跟在两个大个子黑衣人身后，走向了头等舱。

一进头等舱，她才明白什么叫"透透气，吃些点心"。这里宽敞明亮，和后面沙丁鱼罐头似的经济舱相比，真是活脱脱一个飞行在一万米高空的豪华客厅。琳琅满目的各类甜点应有尽有，两位身着女仆装的金发美人手持托盘，靠墙站着。她们两旁，还站着五六个黑衣人。

但是，站在夏薇薇面前的人，比这豪华的客厅、好吃的点心，更让人意想不到！

原来黑衣人口中的主人，竟然是一个和夏薇薇年纪相仿的少年！

他长着一头栗色头发，阳光透过机舱窗户照在上面，好像在天使的头上镶上了一层金边。逆光中，少年的脸看不真切。

"你好，我叫林沐夏。"少年友好地伸出手。

"夏薇薇。"夏薇薇扬起脸，笑了笑，和他握了握手。少年的手有些冰凉，但是力度很得体。

少年的身边站着一个棕红色脸膛的人，头发编成密密麻麻的小辫盘在头顶。他的身上有股说不出来的神秘感，让人不敢直视。

林沐夏看出了夏薇薇的紧张，笑道："这位是我的朋友乔森，他是一位魔术师。"

说完，林沐夏用法语对乔森说了几句，乔森咧开嘴一笑，露出两排白亮的牙。他打了一个响指，头等舱里突然被透亮的强光穿过。一瞬间，乔森的手上就多了一束"鲜花"。夏薇薇仔细一看，原来这不是鲜花，而是可爱的猴子玩偶。一个个胖嘟嘟的猴子玩偶被做成玫瑰的样子，扎成了漂亮的花束。

乔森把这束"猴子"递给夏薇薇，夏薇薇开心地接过来，心里也不像刚才那么怕乔森了。

林沐夏说："整架飞机上除了我之外，只有你一个中国人，不知道你会不会觉得闷。我们可以聊聊天，这次飞行还长着呢。"

"好啊。我还以为我要感谢的对象是一个白发苍苍的老爷爷呢，没想到居然是……"

"居然是我，对吗？"林沐夏笑了起来，竟有些害羞，"其实是我自己觉得闷啦。应该是我感谢你。有你过来陪我说说话，就没那么无聊了。"

他们坐到了一张沙发上。

夏薇薇借着这个机会，认真观察了一下对方。不知道是不是因为飞机上光线的缘故，林沐夏的瞳仁并不是黑色的，而是浅灰色，倒是与他的发色相配。他的存在，让整个空间都温暖、明亮起来。

在从法国巴黎飞往中国南道市的旅途中，夏薇薇和林沐夏变成了"无话不谈"的朋友。当然，如果夏薇薇不是忙着吃各种好吃的甜点，以及玩游戏和看电影的话——他们原本应该确实很有聊的。因此这里的"无话不谈"，就是"没有话、不谈天"的简称。夏薇薇和林沐夏就这样成了同处一室好几个小时，却没有和对方说上几句话的"朋友"。

半夜12点，飞机平稳地降落在了中国南道市市郊的机场。

夏薇薇并没有睡着,她一直处于兴奋状态。这会儿看着扑面而来的点点灯火,才突然意识到自己又将孤独地上路了。

"有朋友来接你吗?"林沐夏问。

夏薇薇收回注视着窗外的目光,摇摇头。

"让比尔开车送你吧,"林沐夏体贴地说,"比尔就是在巴黎机场帮你提行李的那位。你到哪儿?"

夏薇薇从兜里拿出一张纸条,递给林沐夏。

林沐夏看都没看就交到了比尔手里,吩咐道:"送夏小姐去这个地址。"

夏薇薇咧嘴笑了一下:"我不是什么夏小姐。叫我夏薇薇好啦!"

"好,你也可以叫我林就好。这趟旅行因为有你,所以非常愉快,不像以前那么无聊了。"

"你经常在巴黎和南道市之间飞来飞去吗?"

"嗯,我家就在南道市。母亲送我去巴黎学习甜点制作,所以经常往返两地。"林沐夏说着,向身边的随行人员微微点了一下头,马上有个管家模样的人取了一只精致的小皮盒递到他手里。

林沐夏把小皮盒递到夏薇薇手上:"这是我的联系方式,你在南道市遇到问题需要帮助,可以找我。这一路真是非常感谢你。"

"别这样说,我听你和他们对话,你的法文很厉害哟。并不是你无聊才找我这个会讲中文的人,倒是应该我感谢你啦!而且,我实在太不好意思了……一路上都顾着自己吃好吃的,自己玩儿……不过……你的联系方式也太重了吧,什么名片要做成一本书那么厚啊?"

林沐夏被逗笑了,看着面前的女孩儿。

这样天真,或者说,这样傻乎乎的话,任何一个女孩儿说出来,都会让男生觉得蛮可爱的。

"记得打电话给我哟……"林沐夏意犹未尽,似乎还想说什么。

"少爷,可以下飞机了。"一个黑衣人打断了他的话。

一行人在夜幕中走出了飞机场。

在闪闪烁烁的灯光里,夏薇薇看清停机坪上停了一排车,有七八辆之多。

"那么,再见。"林沐夏说。

"再见。"夏薇薇看到林沐夏的灰色瞳仁里有什么东西闪过。夜空漆黑一片,微弱的星幕低垂,一切都看不真切。

就这样,夏薇薇来到了陌生的城市,和旅途中的朋友道别。

坐在豪华的车里,看着窗户外夜色里的南道市,夏薇薇一直默不作声。林沐夏交给她的那个小皮盒里,原来是一部手机。只需要拨出一个短号"1",就能接通林沐夏的电话。夏薇薇看着这部手机,觉得心里暖暖的。

车子兜了好几圈,总算找到了地方。想必"猫梨七号"这个地址太奇怪了,很不容易找到。

走下车来,夏薇薇抬头一看,两栋用"高耸入云"来形容都不为过的双子大厦映入眼帘。

"哇!猫梨七号居然这么给力!"

"夏薇薇小姐,是这边。"比尔手里拿着纸条,认真端详了一番,提起夏薇薇的行李,往两栋大厦之间走去。

走近一看才发现，原来在双子大厦之间，夹着一栋矮小的老宅。老宅乌漆麻黑，形状怪异，好像一个鬼屋的剪影。老宅外面还有一扇锈掉的铁门，想必是年久失修，锁也坏了，铁门微微开启。门上有个牌子，泛着一点点荧光。仔细一看，牌子上有四个字：

猫梨七号。

夏薇薇惨叫一声，连腿都迈不动了。这个世界上有一类女生"胃口超级大，胆子超级小"，嗯，说的就是她这种。

是谁安排她来到这个古怪的地方？

是爸爸？

是女巫？

还是捉摸不透的命运？

不管了，就算是栋鬼屋，也只能勇敢地走进去。

夏薇薇礼貌地谢过比尔，壮着胆子推开了吱嘎作响的铁门，朝着黑漆漆的老宅走去。

老宅的门廊投下一团浓郁的暗影，就好像一张张开的嘴，等着她一步步走进去。

扑通——扑通——扑通——

在这个令人头发倒竖、鸡皮疙瘩满身的地方，夏薇薇觉得自己的心跳变成了轰隆隆的巨响……身后响起汽车发动的声音，有光影移动，又远去。

夏薇薇知道，比尔已经开车走了。

孤独，陌生，害怕……真是从好吃好喝的云端美梦一下子跌落到冷酷无情的地狱。

好惨！

以后的日子可够受的。眼下先到"鬼屋"里去睡个觉吧，真是太困了。

鼓起了从全身上下每一个毛孔里挤出来的勇气，夏薇薇一步踏进了那个黑洞洞的"嘴巴"。

远远的街角，一辆没有驶远的车里，有人用蹩脚的中文打着电话："是的……是的……主人，她住的地方很奇怪，叫'猫梨七号'。好的……明白，我们会密切监视的。"

第3章
猫梨七号

- 冤家房客
- 守护者印记：首现

【出场人物】
夏薇薇，植安奎，林沐夏，达文西，乔森

【特别道具】
拉斯菲尔

冤家房客

又累又怕，反而成了最好的催眠剂。夏薇薇来不及整理行李和寻找卧室，直接就在老宅的大厅里昏睡了一夜，直到清晨的阳光照到身上，她才醒过来。

伸了个懒腰，夏薇薇爬起来，好好打量了一下四周。

这可真是一个奇怪的地方！外面看起来像个鬼屋一样的老宅，内部却布置得井井有条，甚至让人生出几分亲切的感觉。浅灰色的实木地板，原木色的家具，随处可见的绿色植物，可爱的软绵绵的沙发……住在这里也蛮不错嘛！

夏薇薇打着哈欠，观察了一下房间的布局，一下子就找到了卫生间。

咦，奇怪，卫生间的洗手台上放着一个杯子、一把牙刷。牙刷上已经挤好了牙膏。

洗手台前挂着一面阿斯卡纳风格的铜镜，镜面氤氲着水汽。原来——洗手池里竟然已经放好了热水和洗脸毛巾。

难道某只无形的手张罗了这一切？

"啊，其实这里根本就是……鬼屋嘛！"夏薇薇嘴上这样说着，却又暗暗相信在某个角落里，爸爸的女巫仆人正在看着自己。一定是她使用了魔法，变出这样一个屋子；是她处处在照顾自己。在巴黎的那个奇怪的电话亭，在南道市的这个更加奇怪的猫梨七号，一定都是同一个人的"杰作"！

夏薇薇心安理得地刷了牙，洗了脸。

"你真是照顾得太周到啦！大婶！"她对着垃圾桶说。

夏薇薇享用完这套贴心的"服务"，渐渐放松下来。这一放松不要紧，肚子里像装进了两只青蛙，此起彼伏地咕咕叫起来。

夏薇薇摸摸饿了的肚子，开始寻觅吃的。来到厨房，果然如她所料，早餐刚刚出炉。

现烤的吐司躺在白瓷盘里，旁边一个可爱的玻璃瓶里装着金黄色的蜂蜜。

"那我就不客气咯！"夏薇薇把手伸向一片黄灿灿的吐司。

突然，她听到卫生间传来一声惨烈的尖叫！

尖叫声越来越大、越来越近！紧接着，眼前出现了一个蓬头乱发的白衣鬼魂！

"啊——"夏薇薇也尖叫起来。

像她这样全身心投入地紧闭着双眼仰头尖叫，即使是鬼来了也会被吓跑吧……

果然，白衣鬼魂看到了厨房里的夏薇薇，立刻惨叫起来："啊！鬼啊！"

杀猪般的尖叫很快盖过了肚子饥饿的咕咕声，老宅里有两个声音此起彼伏，一浪盖过一浪：鬼啊……

终于，其中一个声音戛然而止。

"喂……喂，不要再吵了……你怎么会在我家？"

夏薇薇听到问话，停止了尖叫，睁开了眼睛。

面前站着一个蓬头乱发的少年。他穿着白色的睡衣，蓬乱的头发遮住了双眼，难怪会被误看作"白衣鬼魂"。

"什么？这是你家？"

"当然啦。是你用了我的牙刷和毛巾？现在又要吃掉我的早餐？"

"什么？那是你的牙刷和毛巾？"

一想到用了别人的牙刷，夏薇薇捂着嘴，一阵恶心，差点要吐出来。

"有点礼貌好不好？你闯到我家，用了我的牙刷和毛巾，现在居然做出一副很嫌弃的样子。小姐，你简直就是……"少年一脸无辜地说着，突然，他好像发现了新大陆一样，跳了起来，"我们好像在哪里见过？"

夏薇薇再定睛一看，面前站着的，竟然是那个少年魔术师！

好吧，只能说，命运有时候真是变幻莫测啊。

那次幻术时空的相遇，居然埋藏了这样"惊心动魄"的伏笔。

"可是，等等——难道这家伙能够召唤出时空之门，跟自己前后脚地出现在此时此地？"夏薇薇觉得不对劲，喃喃自语着，完全没有意识到少年已经拉起她的手，把她带到了屋外。

突然，她反应了过来——但大门已经紧闭。

"喂！"夏薇薇拍着门叫道，"开门！开门！开门！"

门开了一条小缝，少年魔术师的臭脸露出了窄窄的一道，他那躲在门后的眼睛竟然泛出一点蔚蓝的光芒。

好汉不吃眼前亏！夏薇薇公主满脸堆笑，双手奉上一张小卡片。

"这是什么？名片？"少年接了过去。

"你看，这是我在巴黎的一个电话亭里取到的。冥冥之中有人把我安排到了这里，请——"夏薇薇公主一边说一边伸出一只脚往门里挤，"请让我进去啦！"

少年先是一愣，然后低下头认真地看了一下那张纸条。上面的的确确写着：

中国南道市　猫梨七号

他意味深长地打量了夏薇薇一眼，还是关上了门。

五分钟后，少年魔术师把门打开了，丢出来一个大大的旅行箱："你是第二十七个把我家地址印在一张纸条上就想搬进来住的人。真搞不懂你们这些家伙到底在想什么？小姐，你还是回自己家去吧，我很忙耶！"

"等……等一下！"夏薇薇英勇地伸出脑袋，卡在门缝，瞪着少年魔术师，"我……我无家可归。我可以付你房租，不会白占你便宜啦！"

"莫名其妙。"

夏薇薇一看少年不为所动，决定把演技升级，楚楚可怜地看着他说："我——我把真相告诉你吧。其实……其实我在找一个对我来说很重要的人。我不能回家去，因为我家里人都让我不要再找他了。可是，我……我不想放弃，我一定要找到他……请你收留我几天吧，我可以付你房租，打扫做饭，等我找到那个人就搬走！一定！一定！"

"找人？"少年魔术师蓬乱的头发下，表情变得认真起来。像是有什么触动了他的心事。

"是是是，我一定要找到他！"夏薇薇就差没把洋葱放在眼皮底下了，那副楚楚可怜的样子真是花见花开车见车载，"他……对我来说，是很重要的人。"

"那——好吧。"少年松开挡在门框上的手，转身走进了老宅。

夏薇薇正要高兴，突然听到那个愈行愈远的背影传来幽幽的声音："对了，还没告诉你我的名字呢，我叫植安奎——大名鼎鼎的魔术师植安奎就是我啦！我经常出国表演魔术，我不在的时候你随意。我回来的时候嘛，你星期一三五做小清洁，周末做大扫除，早中晚三餐都要精心准备，甜点水果也不能马虎，对了，最好换着花样哟！"

好吧，在他人屋檐下的公主，还能怎样讨价还价呢……

守护者印记：首现

找到了容身之所的夏薇薇公主并不轻松。

她整天都在猫梨七号洗衣、做饭、大扫除，简直就是个女仆。而且还要给拉斯菲尔捡狗屎——拉斯菲尔是植安奎养的一条哈士奇，它身材特别强壮、胃口特别大、拉屎特别多，让人很伤脑筋耶。之前植安奎出国的时候，这条狗怎么就没有被饿苗条一点点！

几天下来，通过每天早中晚带着拉斯菲尔在附近的街区溜达，夏薇薇已经对这里越来越熟悉了。同时，因为明白来到这里的使命，她也一直在留意新的线索。夏薇薇发现，连续两天出门的时候都有个奇怪的长头发男人，他总是鬼鬼祟祟跟在自己身后。

"那个奇怪的家伙到底想干吗？"从超市买面包回来的路上，

夏薇薇又发现了那个人。

长发男人跟着夏薇薇走了好几条街，夏薇薇停下他也停下，夏薇薇加快脚步他也加快脚步。

"真是岂有此理！"夏薇薇终于忍无可忍了，决定教训教训那个尾随男。

长发男人一路躲躲藏藏，跟踪夏薇薇到了猫梨七号。看到她进屋之后，长发男人绕到老宅的侧面，从低矮的窗户那儿探头探脑地朝里瞧。

一心一意要"偷窥"的长发男根本没有看到，自己脚下密布着数十个捕鼠夹……他还没走几步，就发出了撕心裂肺的惨叫声："啊啊啊！我的脚！"

长发男身旁的窗户突然被打开了，夏薇薇英勇地举着一把大扫帚，挥到长发男头上，重重地敲了他三下："大变态！大色狼！竟敢跟踪我！"

长发男被打得连连告饶，两只脚上夹满了捕鼠夹，一路仓皇逃跑。

因为慌不择路，他跑错了方向，跑到了那片密布着捕鼠夹的巷道里……噼噼啪啪乱响过后，浑身夹着捕鼠夹的长发男晕倒在猫梨七号旁。

夏薇薇举着扫帚走出了屋门，小心翼翼地靠近倒地的长发男。确定他真的晕过去之后，夏薇薇无奈地看了一眼靠在自己身边、同样小心翼翼的拉斯菲尔："你真没用！就因为你不保护我，我才把他打晕的……"

接下来该怎么办呢？

一定不能让植安奎知道这件事。在这里寄人篱下，每天都要看他的脸色——即使是在他出国期间，因为担心被赶出猫梨七号,夏薇薇也过得并不轻松。

如果植安奎知道自己闯了这么大祸,一定会叽叽歪歪的。

哼,不想听那个家伙叽歪,算了,还是报警吧。

夏薇薇深呼吸了三次,走回屋里,拿起电话,拨通了报警电话。

警察局内。

"小妹妹,你也太暴力了吧,居然把这位先生打得昏迷了一个小时才醒过来。"警察看了看夏薇薇,又看了看满头青包的长发男,叹了口气说。

"是是是,我错了。"夏薇薇态度很好。

"你说说,为什么要跟踪人家?"警察问长发男。

"我……我……"长发男揉着脑门,结结巴巴地说,"我叫达文西。我……我是蝶世纪唱片公司的经纪人。我……我注意到夏小姐好几天了,想确定她是不是适合成为我们公司的签约艺人……"

警察一边做着记录,一边抬起头来看了长发男一眼:"原来是星探。"

"不不不,我可不是什么星探。我是经纪人。"

"有区别吗?"

"星探是骗小姑娘的,我是真正可以发掘和包装演艺人员的经纪人!"

警察和夏薇薇同时笑了。

"真的!这是我们公司的电话,警察先生可以打电话去核实!"长发男说着摸出一张名片。

"可我对当艺人一点兴趣都没有。"夏薇薇转向警察,"既然误会解除了,我可以回家了吗?"

"不行。"警察摇摇头,"你虽然是正当防卫,但损害了这位星探……哦不,经纪人先生的人身权,所以还要配合我们做完调查。"

"呃……"夏薇薇立刻两眼泪汪汪——天啊,不会发生传说中的不良少女暴力行凶被迫在警局过夜这种事情吧?

正在东想西想,突然一队黑衣人走进了警局。他们个个身着黑色西装、戴着黑色墨镜、耳朵上别着耳麦。咦,好眼熟的打扮……

为首的人附在警察耳边耳语了几句,警察一边听,一边看着夏薇薇。

夏薇薇被看得有点心虚。

黑衣人又轻声和达文西说了几句,达文西的头点得像捣蒜似的。也不知道他们都说了些什么。

这段诡异的场面很快结束了,达文西和警察一起走向夏薇薇。

"夏小姐,一切都是场美丽的误会。我向您道歉,对不起!"达文西说。

"你可以走了。"警察说。

"真的吗?"夏薇薇站了起来。嗯,既然如此,当然是三十六计走为上策啦!

夏薇薇连忙朝着警察局门外走去,达文西的声音却不小心飘进了夏薇薇的耳朵:"原来府上就是著名的林氏财团呀!你们不就是'幻之光芒'大赛的唯一赞助商吗?不知道林少爷有没有兴趣赞助我们唱片公司……"

幻之光芒!

夏薇薇的汗毛都快要竖起来了!

什么?那个长头发的大叔刚才是在说"幻之光芒"没错吧?

"跟随'幻之光芒',那个能让你流出最晶莹的眼泪的人,就是'公主的守护者'。"变成黑猫的爸爸曾经这样对夏薇薇说过。

这么说，线索出现了！

"林氏财团？林少爷？"夏薇薇疑惑地回过头，看着那一队黑衣人。

难道……是飞机上遇到的那位林少爷？

一瞬间，夏薇薇的脑袋就被那次奇妙的偶遇塞满了：有着温柔的眼神和栗色头发的林沐夏，从巴黎飞往南道市的飞机上各种好吃的东西，林沐夏身旁那个会变出猴子花束的魔术师乔森……

"请……请问，"夏薇薇朝着那一排面无表情的黑衣人说，"你们……是林沐夏派来的吗？"

"天啊！夏小姐，你居然直呼林少爷的名字？你……你跟他是什么关系？"正在纠缠黑衣人拉赞助的达文西耳朵真尖，一下子惊叫起来。

"我……"夏薇薇无言以对。

"你们怎么认识的？认识多久了？他有想法要包装你进演艺圈吗？我就知道我眼光不错啊！说到底，林少爷是你什么人？"

"……"

"是一个朋友。"有个温和的声音在夏薇薇身后响起。

夏薇薇回头，视线里有一个人站在逆光中。

她和他靠得太近，一时间看不真切。

但她觉得这个声音是那么熟悉，嗯，应该是他，没错。

灰色的眸子无害而温柔，栗色的头发被从警察局门外射进的阳光镀上一层金边——就像他们第一次相遇时那样。

达文西正要扑上来继续问个究竟，却被身材高大的黑衣人挡住了。

夏薇薇的嘴角浮现出一个恶作剧般的笑容，她突然伸手抓住林沐夏的手腕，拉着他跑了出去。

他们身后，达文西发出撕心裂肺的喊声："林少爷！林少爷！有没有兴趣赞助我们唱片公司呀？"很快，他的喊声连同他这个人，都淹没在黑衣人的包围圈里了。

随着啪啪的脚步声，林沐夏没有挣扎，任凭夏薇薇拉着他奔跑，温柔的灰色眼眸宠溺地看着她的身影。

呼……不知道跑了多久，夏薇薇才松开他的手，她俯下身子重重地喘气。

林沐夏仍旧气定神闲，扭过头眯着眼睛看着她，声音很轻："到这里可以了吧？"

"嗯？"夏薇薇愣了一下，脸色微红，他们奔跑起来的感觉像是在飞，林沐夏的身体轻得如同一片羽毛，跑起步来并不像他看起来那么弱。

"你拉我出来不是有话要说吗？"林沐夏疑惑的眼神滑过夏薇薇发红的脸颊，他额前的刘海轻轻荡漾。

他是在跟我说话吗？

夏薇薇的心扑通扑通直跳，漆黑的眸子失神一般呆呆地盯着自己的手心。

那里还残留着他掌心的温度，那种厚实的触感……

"对啊，我有话跟你商量……那个……呃……"夏薇薇下意识地挠挠后脑勺，她拉着林沐夏出来是为了什么事情？刚刚跑了一段，大脑已经混乱了！

"没事，你再想想，刚刚是我太突兀了。"林沐夏似乎看出了她的窘迫，温和地一笑。

夏薇薇吐吐舌头，感觉自己的耳根滚烫，真是丢脸！

"咦？"突然，四周突然亮堂起来了，只感觉四周缓缓荡漾出一片温暖的白光，夏薇薇抬起眼，前方一片七彩的光泽包裹下，隐约可以看见一座宏伟的巴洛克式的城堡立在绿草地上，通体闪耀着晶莹的光彩……简直美呆了！这样的盛况可以和"彩虹之穹"的城堡媲美了！

难道她一不留神又穿越到异度时空了？这是哪里？

夏薇薇的双眼都变成"爱心"形状了，城堡里会不会有超级美味的提拉米苏、芝士蛋糕、葡式蛋挞……还有漂亮的魔法时装……她情不自禁地踏出脚步……

"好久不见，林沐夏。"还没等这个双眼冒着"心心"的女孩子从震惊中缓过神来，一个熟悉的声音打破了刚才那美轮美奂的幻境，声音虽然不大但是却有着很强的穿透力。

夏薇薇皱皱眉头，顺着声音源头的方向看去，眼前的一切都消失了，草地、城堡……纷纷变回了原来的模样。街角边，浅黄色的邮筒旁逆风站着一个人，那一抹影子她再熟悉不过了——植安奎。

他为什么会突然出现在这里？真是臭屁的家伙，每次出现都让人不省心啊！

不对，刚刚他那样子叫林沐夏，莫非他们很熟？最好是关系好到不得了，那样子她就可以——对——接近"幻之光芒"，然后进一步知悉老爸的指令，从而早点回到"彩虹之穹"，摆脱寄人篱下的日子！

她终于想起来了，拉着林沐夏出来就是打算拜托林沐夏让她加入"幻之光芒"——有谁会忍心拒绝彩虹国度的小公主的请求呢？没办法，她一向很自信。

不过讨人厌的植安奎半路里杀出来，不知道要搞什么鬼。

"你在国外的魔术表演结束了吗？为什么老是跟着我？"夏薇薇不满意地努努嘴，打破了沉默。

"小姐，不要这么自恋，我不是来找你的。"植安奎面无表情地瞥了一眼夏薇薇，有些不耐烦地从她身边走过，声音很不客气。

自恋？明明就是超级美少女，自恋一下很正常呀！

夏薇薇刚刚想要发作，却见植安奎停在了林沐夏身旁。

"'幻之光芒'的舞台很酷，我想它正是为我这种世界顶级魔术师打造的展示平台。"植安奎注视着远方暗红的天际，目光深邃，唇角上扬，十分自信。

"我很开心你来参加'幻之光芒'的魔术比赛，不过……"林沐夏低下头，修长白皙的手指托住下巴，沉吟了一下。

什么？什么？刚刚那个达文西说"幻之光芒"大赛，还以为是什么女生选秀节目呢，原来，居然是魔术师大赛！老天爷，看来要摆脱植安奎这个大魔王是很难很难的了……

"你是觉得本少爷不配参加这种顶级魔术表演赛吗？"植安奎脸侧的头发随着他的说话声向两侧飞扬，眼底烧起熊熊烈火来。

"不，我不是那个意思……我想，你可以跟乔森比试一下。"林沐夏看到植安奎发怒的样子，连忙放低了声音，无辜的表情让人怜惜。

"林少爷，你有没有意愿资助我们公司，呜呜，我已经期待您加盟好久了——"

接着啪的一声，大步跑来的达文西摔了一个嘴啃泥，吆喝声也戛然而止。

红胸膛的乔森气鼓鼓地站在达文西后面，怀里抱着许多活蹦乱跳的小猴子。

夏薇薇连忙跑过去，只见达文西呈现"大"字形扑倒在地。

他的双腿上附着许多小猴子，它们全部在用力地拽住达文西的腿，怪不得他会摔跤。

"林少爷，很抱歉，这个人实在是太执着了。"乔森垂下头。

"你说的乔森就是那个变猴子的家伙吧？"植安奎冷冷地看了一眼乔森，桀骜不驯的眼神迸射出逼人的光芒。

"你不要这么没有礼貌，乔森是很棒的魔术师。"夏薇薇再也忍不住了，听到植安奎用那种语气说话她就不舒服，他怎么可以这么骄傲！

"夏小姐，没有关系。"乔森抬起头，长满胡须的脸上绽放出一个大方的笑容，一点也不生气。

"既然这样，我们来一场魔术比赛，你意下如何？"植安奎话音刚落，身子跟着迅速向后退了十几米，飞扬的黑色头发弥漫开来。

乔森愣了一下，茫然地看向身边的林沐夏，见到主人微微颔首，他咧嘴笑了起来，整齐洁白的牙齿十分好看。

真的要比试魔术吗？夏薇薇不由得双手合十，睁大眼睛盯着乔森和植安奎。

天边的夕阳把植安奎的身影拉得很长，红黑相间的色彩给他镀上了一层神秘的光影，他交叉在胸前的双手翻动着，似乎有什么东西呼之欲出。

"我建议比赛规则，就是给美丽的夏薇薇小姐变出一份她心仪的礼物，你看如何？"乔森想了半天，才喜笑颜开地建议。

"好啊！乔森，我真的很喜欢礼物……"夏薇薇不由得跳起来，连连鼓掌，开心极了。

"我不要给那个女人变东西。"植安奎抱住手臂，闭上眼睛，毫不犹豫地拒绝。

"如果不接受比赛规则，那就等于自动弃权哟。"林沐夏十分苦恼地揉揉太阳穴，按照比赛规则，主动请战的魔术师必须要接受对手的比赛建议。

"好，那我尊重比赛规则，"植安奎扭过头，倔犟的嘴角浮起一抹恶作剧般的笑容，"我们开始吧。"

夏薇薇的心一下子抽紧，真的是太幸运了。

"喂，闭上眼睛！"植安奎根本没有看夏薇薇一眼，但是这句话却是冲着她说的。话音未落，他修长的手臂就在半空中挥过，指尖缠绕着隐约可见的白色气浪，黑色的袖口在他急速的动作下摆动着。

夏薇薇顺从地闭上眼睛，渗出汗水的双手紧握成拳。

只是一瞬间，一阵沁人心脾的花香扑鼻而来。

"可以睁开眼睛了。"植安奎凑到夏薇薇耳边，声音突然变得很轻柔。

"啊——"夏薇薇不由得惊住了。

空中漫天飞舞着轻盈的玫瑰花瓣，跳跃闪烁着如同精灵，它们像是雪花一般沾地即化，变成流星一般的细沙消散在空气中。无边无际的红色花海中，夏薇薇只觉得身上凉丝丝的，花瓣吻着她娇艳绯红的脸颊，似乎会沁出水来。

"真的好美……"浑身裹在花瓣中的夏薇薇情不自禁地赞叹道，眼神无意间落在眼前的植安奎脸上，他长长的睫毛伴随着他的喘息微微颤抖着。

"你刚刚看到的不过是我在魔术表演结束谢幕时候的表演，真是少见多怪。"植安奎颇为得意地撇撇嘴，眼底闪过一丝狡黠。

"怪不得没有什么吸引力。"夏薇薇嘴硬道，心里却十分懊恼，刚刚的植安奎看起来好帅，她竟然被他的花哨的魔术吸引了，可是他怎么一下子就又变回了那个不体贴的大魔头！

"乔森，你的礼物呢？"植安奎转身不以为然地看着自己的对手——抱着一把玫瑰花目瞪口呆地杵在原地的乔森。

"呜呜，"乔森委屈地看了一眼怀里的玫瑰花，像是有心灵感应一般，花朵也跟着枯萎，变得黑乎乎的，显得更加寒碜了，"夏薇薇小姐，对不起。"乔森连忙收起失败的魔术，塞到袖口里。

"乔森等下，我很喜欢你变的玫瑰花……"夏薇薇还没有说完，乔森就像是老鼠见到猫一般拔腿就逃。

"我想胜负已经分出来了吧，乔森无法忍受失败已经逃走了。"植安奎的右手在半空中缓缓旋转，天空中的玫瑰花随即化作烟尘。

"乔森并没有失败，至少他的心意让我感动，可是你嘴巴坏，只知道欺负人，要我说，乔森才是胜利者。"夏薇薇发自内心替乔森抱不平。

"按照比赛规则，植安奎获胜，他确实有资格参加这次大赛，"林沐夏眯起的眼睛十分好看，他友好地对植安奎伸出右手，脸上彬彬有礼的笑容让人安心，"恭喜你。"

"乔森大魔术师请等一下，我想邀请你做我们公司的魔术新星，请等一下——"伴随着一声急切的呼喊，夏薇薇只感觉一阵风嗖地卷起地上的灰尘，原本趴在地上的达文西没了乔森的猴子的捆绑，爬起来朝着乔森消失的方向大呼小叫地追了出去。

"我发现达文西先生真的是一个很执着的经纪人……"夏薇薇讷讷地看着达文西的背影，忍不住赞叹。

"我想真正的魔术明星应该是本少爷才对，不过我才不屑加入什么公司呢。"植安奎闭上眼睛，满脸不屑。

林沐夏又一次揉起了太阳穴……

第4章
幻之光芒

- 以爷爷的名义
- 不能说的秘密

【出场人物】
夏薇薇，植安奎，林沐夏，乔森

【特别道具】
魔法蔷薇

以爷爷的名义

风拂过窗帘,带入清晨凉丝丝的空气。

"跟随'幻之光芒',那个能让你流出最晶莹的眼泪的人,就是'公主的守护者'。"耳边一声低呼,夏薇薇猛地坐起身子,迷茫地看着四周,难道是爸爸在警示她要完成使命?

"爸爸?"夏薇薇踩着可爱的兔子头拖鞋,满屋子找了起来,连冰箱和微波炉都不放过,每个抽屉都打开瞧了瞧。

黑猫不曾出现。

想到昨天她拜托林沐夏,要求加入"幻之光芒"的时候,竟然因为不会魔术被拒绝,夏薇薇就懊恼不已。怎么办?都是讨厌的爸爸,竟然一直不肯解开她身上的封印,要知道身为"彩虹之穹"最美丽可爱的小公主,她其实有着比魔术师还要厉害很多的魔法能量——植安奎不过是一个臭屁的魔术师,魔术都是假的,魔法才是真正强大的。

可是她的魔法力量被爸爸封印了,现在她就是一个普通的小女孩,一点办法都没有。

"啊——"眼前突然放大的一张脸吓得夏薇薇一阵尖叫。

"原来你不是在梦游?"植安奎白了夏薇薇一眼。

夏薇薇刚刚一直在翻箱倒柜地找"爸爸",嘴里还念念有词地喊着"黑猫",一定是她这副样子让植安奎用怪怪的眼神看她。

"不关你的事!"夏薇薇嘴硬。

"住在我家当然要听从我的安排,赶紧打扫卫生!"植安奎转身出门,"今天我要出去一趟,在我回来之前务必打扫好房间,另外,为了避免你没有力气工作,我特意为你准备了美味食物。"植安奎的脸上闪过一抹狡黠的笑意,接着走出门去。

美食!

夏薇薇似乎闻到了香喷喷的牛奶味道,植安奎什么时候变得这么有人情味了?她不由得开心起来,满心欢笑,冲进洗漱间洗脸刷牙,然后向着厨房奔去。

桌子上放着一杯冒着热气的牛奶,还有烘焙得焦香的红豆蛋挞!夏薇薇刚刚伸手去取,蛋挞却摇摇晃晃地飘到了她的头顶,桌上的一张字条这才显现出来,上面写着:

为了给你做家务的动力,早餐是在打扫完一楼的卫生之后才可以吃的,加油哟 ^_^

什么嘛!

夏薇薇气呼呼地跳起来,伸手去抓蛋挞,可是它像是故意躲猫猫一般在空中来回跳跃，就是让她抓不到。

"蛋挞，你要是再不听话，我就不要吃你了！哼！"她把手放到腰上，嘟起嘴巴看着不乖的蛋挞。

可是它还是无动于衷地停在半空中，看得见吃不着。

"植安奎你这个大魔头，我真的太讨厌你了！"夏薇薇震耳欲聋的声音震得猫梨七号老旧的窗棂颤了几下。

与此同时，正在向比赛场地奔去的植安奎连打了好几个喷嚏，不由得怀疑是不是有人在"思念"他。

当然，这会儿在猫梨七号里，正有一个一边打扫卫生一边盯着美食的人暗自大骂着屋子的主人。可屋子的主人却是不知道的。

紫色的星星沙弥漫在巨大的巴洛克式城堡的屋顶上，一轮清月爬过塔顶散发出皎洁的光辉，时不时传来的夜鸟的叫声衬得四周更加静谧。攀援着廊柱的蔷薇花开得正艳，香味之中弥漫着一股魔法师特有的药剂的味道。

植安奎明若星辰的眼眸迅速扫视四周，果然不出他所料，"幻之光芒"的比赛的确聚集了许多不普通的魔术师，难道他们来参加这个比赛的终极目标和自己一样？也是为了……

想到这里，植安奎闭目凝神，颀长的身体隐没在一片白光之中。

猫梨七号里，刚刚做完卫生的夏薇薇简直饿坏了，开始大嚼美食，好在植安奎为她准备的食物还算美味，一切辛苦的劳动都是值得的。

打开卧室里的黑白电视机，电视上正在播出超高收视率的综艺节目"快乐来了"，当红偶像明星朴秀琳出现在舞台上，她压倒一切般的气场盖过了其他明星，美艳的双瞳，修长笔直的玉腿，还有一头自然的波浪大卷，时而冷艳时而活泼的风格，简直迷死人！

正当夏薇薇一脸花痴的时候，她猛然醒悟——这种大明星的生活离自己太遥远了呀！哎，如果可以见朴秀琳小姐一面就好了，她可真是漂亮。

突然，电视机发出咔咔声，画面上突然出现了由林氏财团支持的"幻之光芒"世界魔术大赛正在比赛的报道，记者激情澎湃地报告着赛况，地点就在南道市郊外的一座古堡，这是林氏财团专为魔术大赛打造的比赛场地。

难道植安奎说的有事就是去参加比赛了？怎么可以落下她在家里做卫生，真是太过分了！

夏薇薇连忙放下手里的食物，换上衣服出门，打了个车向着赛场奔去。

激烈的魔术比赛已经拉开序幕，比赛规则尤其挑战魔术师的耐力——参赛者十六个人一组，每个人抽号进入赛场，而晋级的要求是坚持到最后一刻，直到打败小组中的其余十五个人为止。

成为小组第一之后，还要打败其他两个小组的第一，最后决出冠亚季军。

夏薇薇赶到"幻之光芒"大赛的城堡外时，天已经擦黑，月牙挂在了如黛的天幕上。

植安奎此时已经大汗淋漓，他已经成功地晋级为小组第一，剩下的就是战胜另外两个小组的第一名。

焦急地绕圈圈的夏薇薇满脸难色，奇怪的是，这个比赛场地竟然没有门！当然也没有窗户……

突然，她的脚丫不知道被什么搔了一下，痒痒的。夏薇薇低头一看，竟然是一株碧绿的蔷薇花藤，浓密的枝叶上开满了红色的蔷薇花。

"你们要帮我吗？"夏薇薇开心地蹲下身子，手指托起一朵蔷薇花，激动地问。

花藤似乎听懂她的话一般，悄悄地攀着古堡的外墙向着顶层爬去。每隔一段，花藤都会巧妙地形成一个脚掌大小的支撑垫，似乎是专门为她准备的。

"那就拜托你们了。"夏薇薇踏上了花藤的"楼梯"，蔷薇花刺隔着鞋底硌着她的脚丫，并不是很疼。

呼……等到她气喘吁吁有些爬不动的时候，兀然低头一看，自己已经爬到了城堡的中部，有点眼晕。

呃……想到"彩虹之穹"美丽的小公主正在做爬墙这样的事情，夏薇薇的脸烫到了脖子根，可是强大的好奇心驱使她向着顶层爬去。

终于爬到城堡的尖顶上了！

夏薇薇抱住墙壁上凸出的一角，睁大眼睛向里面看去，但还是什么都看不到。

哗的一片白光闪过，夏薇薇只感觉眼睛瞬间失明，血液里有什么本能的东西被唤醒了……她可以很清晰地感觉到这里面的意念力和攻击力——这个明明就不是魔术，而是标准的魔法！

半响，夏薇薇的眼睛才重新适应了光亮，只见赛场中央站着一个少年，四周有发光的晶体回旋着，月光照在他苍白的脸上，看不真切。少年四周围满了穿着红衣的扁平扑克牌，这些扑克牌像士兵一样，机械地向着少年围去，它们的边角全部被削得十分尖锐，稍微碰一下就会受伤。

半空中，一个黄色头发的少年挥舞着手里的魔法杖，无数电光频频施加在扑克人偶身上，原本嘈杂的声音逐渐变成一串连续的音符，配合着扑克人偶的步调，竟然有些诡异和压抑。

伴随着扑克人偶的步步紧逼，夏薇薇可以感觉到城堡在微微震动，晃得她脚下都有些不稳。

中央的少年如同黑玉一般的发丝飞扬在风中，脚步稳稳地踏在地上，突然，在扑克人偶靠近的那一刹那，少年一声高呼，穹顶上的月亮迸射出惨白耀眼的光泽，把扑克人偶全部炙烤成了碎片。

怎么会有威力如此强大的魔术！不可能的！

夏薇薇惊讶地看着场地中央的少年，刚刚她根本就没有感觉到那个少年用过魔法，也就是说他用魔术力量震碎了魔法的意念力！太惊人了！

城堡中弥漫出五彩晶莹的星星沙，它们安详宁静地游荡着，像是黑暗中的萤火虫。

突然，一个耀眼的光球迸射出来，巨大的能量在城堡尖顶的出口处集中，迅速掩盖了星星沙，夏薇薇低下头，用力抱紧壁沿，牙齿咯咯直响，光球的力量太强——她快要被震掉下去了！

这是一次反击，她可以感觉到光球中逼人的魔力！

"卢玛尔，我将以爷爷的名义和你决斗！接招吧！"

比赛场里响起了一个声音。夏薇薇吃惊地发现，赛场中央竟然是植安奎……她从来没有听他用这样的声音呐喊过，大魔王从来都没有真正地发过火、动过怒。可是现在，被围困在比赛场地中间的植安奎就像一只小兽，他咆哮着，声波回旋在风浪中。

原来那个黄发少年就是大魔术师卢玛尔！真是厉害，植安奎已经进入决赛了吗？他此时在和卢玛尔争冠军！那么第三名是谁呢？

"以爷爷的名义……"是什么意思？哎，这个大魔王连说话都这么奇怪,自己比赛还要叫爷爷,羞羞羞!

不过……据说植安奎来自神秘的魔术世家,那么他的爷爷一定比他厉害!

啪啪啪——是泡沫碎掉的声音,灿烂的光辉有些耀眼。

她勉强睁开眼睛,只见孤身一人站在赛场中央的植安奎身边围绕着无数个冒着电光的五彩泡沫,随着一个个泡沫的破裂,植安奎暴露在外的脸和手就会多出一道道划痕。

难道说植安奎一直在用魔术跟另一个使用魔法的人战斗?这样太不公平了!

"这次的比赛不公平……"

夏薇薇还没有说完,身子不知被谁暗中推了一把,脚下突然一空,整个人都沿着蔷薇花藤滚落下去,虚幻的半空中,伴随着她跌落下去的身体,她隐约听到了耳边的一阵温柔的叮咛:"夏薇薇,这场比赛很公平,请你放心。"

天空又一次下起了玫瑰雨,夏薇薇跌落在一片青草地上,身子有些酸痛,她勉强支撑着坐了起来,摸摸发痛的屁股,视线里已经看不见那个长满蔷薇花的赛场。

看来她已经完全被甩到城堡的某种"魔法结界"之外了。

"哎……"她看了一眼前方寂寥无边的夜,真的是什么忙都没有帮上。可是刚刚那个叮嘱的声音,是谁的?

讨厌,讨厌呀!大魔头跟卢玛尔到底谁是冠军?

夏薇薇干脆不起来了,抬起头看看漫天的星光,夜晚的天空突然燃烧起流金一般绚烂的波光,暗影中,一个颀长的影子缓缓地拉长,覆盖到了夏薇薇身上。

"你家务做完了吗?一个人跑到这里做什么?"

这个有点冷的声音是……

抱膝坐在草地上的夏薇薇扭过头,清冷的月光掩映着少年棱角分明的脸颊,微微有些凌乱的头发证明着刚才那场对决的激烈,黑色的发丝下藏着一道道被魔法力量击打出的伤痕。

植安奎!

"对了,你跟卢玛尔谁得了第一?"夏薇薇拍拍屁股,讨好地凑过去,好想知道结果哟。

"平手,下次还要再比赛一次。不过你放心,冠军一定是我的。"植安奎很自信,他已经摸清楚了对手的底细,如果他用上魔法,打败卢玛尔应该不是问题,当然也要费些力气。

"嘻嘻,不错不错,那我有的看了。"夏薇薇暗自偷着乐。忽然她像是想起什么,欢乐劲儿顿时没了,"刚刚你为什么不用魔法?"她看到植安奎在比赛中坚持使用魔术去斗魔法,那样很不公平。

颇有正义感的她当然不能忍受这种事情。

"那你刚刚为什么要爬墙?"没来由的,植安奎抱着手臂一脸坏笑地看着夏薇薇。

"你说什么?"夏薇薇故作不知,心里却像是小鹿在跳。

"你大概不知道比赛场地所用的建筑材料是内部可视的,也就是说你像一只八爪鱼爬墙的样子毫无保留地呈现在了我们眼前。"

"啊?!"夏薇薇惊慌地站起身子,昏沉的夜色掩盖了她脸上的羞红,糗大了!夏薇薇一想到植安奎说的话,不由得又羞又恼,"既然这样你为什么不告诉我?"

"你应该感谢我在你从城堡顶上掉下来的时候,及时将你送出结界。"植安奎努努嘴,有些不耐烦地加快速度超过夏薇薇,一个人向着前方走去。

"跟你比赛的那个魔术师很明显违规了，你为什么不指出来？"夏薇薇愣了一下，心里升起一股暖流，加快脚步跟上去。

"他并不违规，卢玛尔本身就是一位很优秀的魔法师，当然跟本少爷比起来就差远了。"植安奎故意顿了一下，打破尴尬。

"那你也用魔法啊，干吗花那么大的力气用魔术。"夏薇薇还是无法理解，小声嘟囔着。

植安奎转过身，深邃的眼底探寻地注视着夏薇薇。从在猫梨七号见面的那一刻起，他就对这个女孩有种似曾相识的感觉。不仅仅是在幻术时空中的相遇，也不仅仅是在巴黎的那次偶遇……而是，仿佛他们已经认识了很久很久。她的身世奇怪而又神秘，她的血液里有一种东西，似乎有什么是命中注定的……她怎么能看出有人使用了"魔法"而不是"魔术"？她到底是谁？

"跟你说你也不会明白，"植安奎甩了甩头，转了个身，大大咧咧地抬脚继续朝前走去，"我想通过'幻之光芒'这个世界级的'魔术大赛'加入'渡鸦会'，但是'渡鸦会'本身并不是什么魔术师组织，而是魔法师组织。他们也是通过比赛来确认那些隐藏在世界各地的魔法师。现在你明白了吧？"

"那……那你可不可以告诉我，你是怎么消灭那些扑克人偶的？"夏薇薇的眼珠迅速地滚了几下，"渡鸦会"这个称呼对恢复记忆之后的她来说并不生疏。他们是存在于地球上的古老又神秘的魔法组织，而且他们跟"彩虹之穹"皇室的关系也是若即若离，很难掌控——但是进入"渡鸦会"似乎不是一件易事。

"呼……还能怎样？"植安奎呼出一口气，接着扬起袖子，一片明晃晃的光芒照亮了绿莹莹的草地，碎碎的亮斑可爱极了，引得萤火虫飞出草叶，跟着追逐起来。

他提示夏薇薇："你看。"

"是小镜子！你是拿高倍镜反射的光芒把扑克人偶给烧化了吗？"夏薇薇惊呆了，植安奎还真聪明。

"虽然你说的不全对，但是也差不了多少，还没有笨到不可救药的地步。"植安奎收起镜子，小声嘟囔着。

"怪不得当初我没有感觉到魔法的力量，看来我的第六感还是很准的。"夏薇薇嘴角上翘，露出一个微笑。

"我看不过是凑巧罢了。"

"你的小镜子又何尝不是凑巧，要是没有月光，你怎么办？"夏薇薇一阵气愤。

"还有赛场四周的魔法泡泡啊，它们本身就是很好的反射光源，这个魔术没有魔法泡泡是无法做到的。魔术与魔法之间，本身就存在着一种神奇的连接，那就是幻术。它可以使参与者在短暂的时间里失去意识，从而可以进入自己真正的内心世界。"植安奎微微沉吟，解释着。

"我知道了。"夏薇薇似乎听懂了一般，手指下意识地压住下唇，半晌她才喃喃地说，"你在尝试把魔术与魔法联系在一起，让它们融会贯通。我想这个林沐夏早就意识到了。"说完，夏薇薇的脸上泛起一抹狡黠的笑。

"你们很熟吗？干吗总说他的好话。"植安奎有些不悦地反问。

"没有啦，我只是在从墙上掉下去的那一瞬间听到有人对我这么说，我想应该就是林沐夏提示我的吧。"夏薇薇连忙解释。她跟林沐夏确实不是很熟，但是很欣赏他——长得那么帅，又有着很温柔的性格，真是不简单啦。

"哈哈，你干吗要解释，我不过是随便问问。"植安奎大笑过后，扭过脸逼近夏薇薇的小脸，正色道，"你是不是看本少爷太帅,所以花痴了?"

"世界上有很自恋的人,但是没有见过比你更自恋的!"夏薇薇郁闷地白了植安奎一眼,大步向着前方走去。

她觉得和有些人是无法沟通的。

当然,植安奎也隐约感觉,他和夏薇薇有些脑电波不合。

不能说的秘密

星星沙从植安奎的袖口缓缓溢出,他的头发也跟着镀上了一层神秘的五彩光芒。一只流浪狗蹭着猫梨七号斑驳的外墙懒懒地踱步,绿眼睛盯着夏薇薇,两个眼珠不停地闪烁。四周除了墙皮脱落的簌簌声,再无别的动静。

"如果魔法打不开的话,我们就用钥匙吧,我带了钥匙哟。"夏薇薇小声对站在门前的植安奎说,顺便拍拍身上的口袋。

欧洲中世纪风格的木门发出吱嘎的声音,缓缓打开了一条缝隙。

"进来吧。"植安奎推开门,让夏薇薇先进去,声音带着一丝疲惫。

"谢谢。"夏薇薇点点头,避开植安奎的身子走进屋子,逼仄的木质楼梯在半空中一圈又一圈地回环,她听见身后植安奎打响指的声音，昏黄温暖的灯随着她的脚步一盏盏自动亮起。

估计打响指就是开灯的魔法，夏薇薇暗自思索，不由得手上也加了一把劲，眼睛盯着楼道的一盏灯，啪的一声，也打了一个响指。奇怪的是，那盏灯丝毫没有反应。

"你不要费心思做那种事，早点睡吧。"植安奎不耐烦的声音在她身后响起。

真是臭脾气，她试一下又不会怎么样。

不过想到要睡上一个好觉，她又开心起来，加快脚步向小屋子奔去。

夏薇薇美美地洗了一个热水澡，喜滋滋地钻进被窝里，回忆着这一天的经历，那场魔术比赛还真是超级炫丽，如果不是植安奎强迫她做卫生，她就不会只看到一个结尾了。

"真是遗憾呀。"想到这里，夏薇薇在被子里伸了一个大大的懒腰，摆成一个"大"字。就因为在家打扫房间，说不定还错过了林沐夏的大赛前的亮相，唉，大魔王真是的！

夏薇薇继续回忆着当天发生的事情，不错过每一个小细节，当然，她也不会忘记那些美丽又富有灵性的蔷薇花，夏薇薇记得她小时候美拉奶奶曾经说过，"彩虹之穹"的公主们每个人都有自己的守护花神，比如奶奶做公主的时候，她的守护花神就是郁金香，郁金香的花语是祝福和荣誉；而夏薇薇的是红蔷薇，寓意爱和思念，蔷薇就成了她的守护花神。

原来每个少女身上都有一个跟她的气质、味道相符合的守护花神，默默地守护着她们。

屋外的大树上一只梦呓的小鸟啾啾叫了几声，夏薇薇翻了个身，脸庞对着打开的拱形小窗。清朗的月光撒过布满细纹的窗楞，恰如跳跃的银色精灵；夜风拂动窗帘，薄若轻纱。

哎，夏薇薇叹了一口气，如果她也可以参加"幻之光芒"就好了。可是她身上的魔法能力完全被国王爸爸封印住了，她一点办法都没有。至于那个大魔王，他已经是鼎鼎有名的世界级魔术师了，却还要凑什么热闹，参加什么魔术大赛……，他不是说，想通过"幻之光芒"大赛，加入"渡鸦会"吗？

"渡鸦会"的成员可都是魔法师，他们在地球上用来伪装的身份，正是魔术师呀！而"渡鸦会"的成员和"彩虹之穹"的皇室间那种隐秘的联系，连身为公主的夏薇薇也无从查清。难道，爸爸提供的线索"幻之光芒"，其实是要引导自己进入"渡鸦会"？到底谁会是"公主的守护者"呢？会不会是某个魔术师？或者是"幻之光芒"的幕后赞助者？

想到这里，夏薇薇一点睡意都没有了，如果她不能完成使命，那么就代表着她要一直在这里寄人篱下，刚刚开始她还可以毫无怨言地当清洁妇，忍受植安奎的蛮不讲理，可是时间长了，她也会爆发的。

夏薇薇的内心矛盾极了，真想快些回"彩虹之穹"继续做无忧无虑的小公主。

好口渴！夏薇薇穿上粉色的兔子头拖鞋，啪嗒啪嗒地向着厨房跑去，她还记得那里存着一瓶榨好的苹果汁。

咦……这么晚楼下还亮着灯，不对，楼下客厅的灯光一向是黄色的，可是现在的光线惨白，很诡异的样子，难道说发生了什么事情？簌簌簌簌……一阵响动传来，该不会是老鼠吧？

夏薇薇吓得浑身发抖，脚像钉在地上一般，无法挪动一步。

植安奎这个家伙呢？难道是比赛完了睡得太死，连坏人闯进来都不知道！

夏薇薇屏住呼吸，手指紧紧抓住楼梯的扶手，生怕弄出一丝响动，另一只手顺势拔下挂在墙上的黑色木棒，真是不明白这木棒既不美又碍事，挂在墙上做什么。

嘶——她不由得倒吸一口凉气，这木棒还真是又冷又沉，一种奇异的感觉像是一股电流传入她的心底。

突然，楼下那团白色的光辉愈发耀眼。夏薇薇连忙止住脚步，心里咯噔一下，她感到一股强大的力量扑面而来，她的手心直冒冷汗，要不要转身就逃——等下，楼下那个人——一身白色的衣服，黑发在白光中颤得厉害，头缩在V字形的肩膀里，正背对着她翻着什么东西。白光正是从那个东西中发出来的。

突然，那个人的肩膀轻颤了一下，接着，他的头缓缓地向夏薇薇的方向转去——

"鬼啊——"

咣当一声，夏薇薇手里的木棒随着她的尖叫声掉在楼梯上，哐哐哐地往下滚，夏薇薇只觉得浑身发冷，勉强支持住发抖的双腿，转身向着卧室逃去。

一楼的客厅里，蹲在角落里的植安奎哆嗦着收起正在看的地图，他用哀怨的眼神瞥了一眼空荡荡的楼梯口。呜——如果你晚上正集中精力研究迷案的时候，突然被一声鬼叫打搅，定会浑身起鸡皮疙瘩，心惊肉跳吧，我们最最不可一世的男主角此时就是这种感觉——被花容失色的房客小姐吓到了。

他爷爷留下来的魔法棒刚刚被人从墙上强行拽下来的时候，他就已经感觉到后面有人，正准备扭头看的时候，就被女孩子特有的尖叫声吓了一大跳，那种感觉相当难受，他完全没有做好心理准备。

不过，惊吓之后，他还是万般疑惑，那个女孩怎么可以轻而易举地拿起爷爷留下的魔法棒？还有他在看地图的时候明明设下了防打搅的结界，怎么会轻易被她越过？

难道她也是一个深藏不露的魔法师？

植安奎浓密的眉毛拧在一起。魔法棒顺着楼梯滚落在他的脚下，他小心翼翼地拾起来，手指触到魔法棒凹凸不平的末梢，那里刻着爷爷的名字——

皇室的守卫者：植川仁

夏薇薇哆哆嗦嗦地缩进被窝，呜呜咽咽地想着屋子里怎么会遇见鬼，咦，太恐怖了。

大概过了十分钟左右，四周仍旧静悄悄的。

"谁允许你半夜胡乱跑的？"门先是被敲了两下，接着传来植安奎气急败坏的声音。

"呜呜，有鬼——呜——"夏薇薇把脸埋在被子里面，手和脚都不敢出来。

"什么有鬼，刚刚那个是本少爷！快开门。"植安奎又敲了两下门，力气用得很大。

那个白衣人是植安奎？该死的家伙，怎么可以半夜躲在那里吓人，没有想到他还有那种不良癖好！

呼……夏薇薇抹了一把眼泪，从被窝里探出头来，完蛋了，她现在看到什么都觉得像有鬼，连她最爱的粉色窗帘在月光下都显得如同鬼魅了。

就不开门，说不定植安奎是传说中的吸血鬼变的，到晚上就会变身，现在他的身份败露，就是要来报仇的。一个年纪轻轻的男孩子，却住在这么破旧的老屋子里，哎呀——越想越觉得植安奎有问题！

此时，我们不得不佩服夏薇薇的想象力，确实她是被吓坏了。

"你怎么还不开门？我是想要警告你，以后晚上没有我的允许不准踏出卧室一步！另外，今天晚上看到的事情不准说出去！"植安奎再也忍不住了，用魔法打开了夏薇薇卧室的门，对着床上缩成一团的小人儿大声命令。

"哇哇……"浑身紧张的夏薇薇再也忍不住了，从刚刚开始的小声呜咽，变成了放声大哭。

"喂，你不要哭啊，我刚刚也被你吓了一大跳，以后你不要乱跑就好了。"植安奎最见不得女孩子哭了，不由得手忙脚乱，降低了语调。

"那你赶紧出去，不要总是对我发号施令……呜呜……你半夜鬼鬼祟祟地躲在楼下肯定没做好事……呜呜……不管你是什么东西变的，我跟你无冤无仇……"夏薇薇哽咽着，声音有些沙哑。

"你在胡说什么啊！"植安奎打断夏薇薇的话，气得浑身发抖。他可是举世无双的赫尔墨斯魔法家族的继承人，怎么被她说成了怪物。

迎接他的是一阵更加厉害的哭声。

"那好吧，我以后不说你就是了。你不要哭了，真的好吵啊。"植安奎选择了妥协。

果然，床上的那位停止了哭泣。

夏薇薇咬咬嘴唇，听了植安奎刚刚说的话，她突然安心多了，如果他要伤害她，恐怕早就动手了，不会一直跟她吵架，那么植安奎就不是妖怪变的了？

吱嘎一声，门被关上了，植安奎的脚步声渐行渐远。夏薇薇这才闭上沉重的眼皮，进入了梦乡。

墙上的时钟滴滴答答地走到午夜十二点,咔嗒一声。

夏薇薇原本亮着一盏小灯的卧室,突然暗了下来,长满花藤的窗台上隐约可以看见一个朦胧的黑影,浓黑的头发浸染着夜色披在直挺的后背上,借着皎白的月光,男子一张酷似植安奎的脸上,正双眼灼灼地盯着床上的夏薇薇,她长又浓的睫毛上还粘着晶莹的泪珠。

"那孩子的样子,像极了她啊。"一阵风拂过,男子垂下头,黑玉似的发丝散乱在风里,深潭般的眸子下闪过一丝复杂的神色。

风停了,窗上的人影逐渐消散,变成一片晶莹的五角星星沙,最后只剩下透过窗的月光。

第5章
公主出走

- 被偷吃的蛋糕
- 寂寞的猫梨七号

【出场人物】

夏薇薇,植安奎,植川仁,达文西,
卢玛尔,摩卡拉,盛碧拉

【特别道具】

神秘邀请函

被偷吃的蛋糕

夏薇薇起床的时候，已经日上三竿了，植安奎早就不见了踪影，不知道又飞去哪里表演魔术了。

厨房里，热腾腾的牛奶和美味的法式蛋挞已经准备好了，夏薇薇满意地点点头，刚刚准备去开动，只见桌子上留着一个字条：

> 女人，以后不管我是否在家，晚上十点钟以后都不许出你的房间半步！~(ˊ﹏ˋ)b

郁闷！夏薇薇不由得把纸条揉到手心里，就像捏着植安奎那个大魔头一样。昨天晚上她还记得他说以后再也不会对她发号施令了，才过了一夜就故技重施，真是气人。

抱着牛奶，夏薇薇坐在沙发上，打开电视机。拉斯菲尔在一旁眼巴巴地望着夏薇薇手里的牛奶，口水流了一地。

电视上，植安奎穿着华丽的魔术师服装正在阿兹特克游艇上表演精美绝伦的魔术，性感女神杰西卡·奥尔芭竟然主动提出当植安奎的助手，碧蓝的海水反射出美妙的光泽，两个同样光彩照人的人同台表演，引来了游艇上无数人的掌声。

夏薇薇看着电视上植安奎万人瞩目的样子，突然觉得一阵失落，如果她也可以像他一样厉害，是不是就可以早日完成自己的使命了呢？一向自负的植安奎还是有他骄傲的理由的，至少他的魔术可以给大家带来快乐。

算了，还是不要看那个讨厌鬼了，夏薇薇骄傲地扬起下巴，遥控器调到了娱乐档，大明星朴秀琳果然又是头条，她怎么可以那么美丽呢？

奇怪，朴秀琳竟然抛出一条言论，要找魔术师学习魔术，而且厌倦了做大明星的生活！简直是头版头条！夏薇薇紧张极了。

原来大明星都想做魔术师，她这只菜鸟应该也努力学习才是。哼，魔术最近很流行！

突然夏薇薇灵机一动，要不然向林沐夏求助，拜托他帮帮忙，让他找个人教她魔术。

夏薇薇只感觉一阵热浪涌上心头，这个主意太棒了。正准备出门，突然想到上次林沐夏在飞机上请她吃甜点，今天她也要回请一下。

打开冰箱，鸡蛋、橄榄油、面粉……做蛋糕的食材竟然都有，她不由得喜上心头，开始兴致勃勃地准备做蛋糕。她似乎天生就有做点心的天赋，除了一些细节的问题查询了一下书籍之外，其他的步骤几乎是完美无缺……奶油抹得不是很均匀，最好是再涂上一层巧克力酱。嗯，还要在上面放上新鲜的草莓！当她把香喷喷的蛋糕放在桌子上时，成就感满满。有了这次经验，她以后一定可以做出更加美味的西点。

夏薇薇兴致勃勃地挎上篮子，到外面的市场买草莓。灿烂的阳光透过羽毛一般的云朵倾泻在大地上，夏薇薇的心情格外好。不知道是因为大魔王的远离，还是因为即将见到温柔的林沐夏——或者两者皆有。

她出门后不久，猫梨七号的门就被打开了。刚刚表演结束的植安奎回到家里，真是又累又饿，他把收到的礼物随意地扔在桌上，叮当鸣响的珠链随之摇摆，晶莹的光泽照亮了他苍白的脸颊。

"没有想到他们竟然送我这种东西当作酬劳……"植安奎托着下巴，无奈地拨弄着精致美丽的珠宝，这些明明就是女人用的东西，他才不稀罕呢。

咦，或者夏薇薇那个女人会喜欢……植安奎四处寻找夏薇薇的身影，奇怪的是，屋子里竟然没人。拉斯菲尔也不知道跑到哪里去了。

一定是在厨房里……他站起身来，刚刚走到目的地，就看到桌子上摆着一个刚刚烘焙出来的奶油蛋糕，看起来很美味的样子。拉斯菲尔正端端正正地坐在蛋糕前，眼睛一眨不眨地盯着蛋糕呢。

"我什么时候用了自动做蛋糕的魔法？难道是太累所以忘记了？"植安奎下意识地拍拍后脑勺，一脸疑惑地看看四周。

咕咕咕——肚子不争气地叫了起来。那么，现在就开始大快朵颐吧！

突然，门口传来一阵响动。夏薇薇抱着满满一篮子的红草莓，开心地推门而进。

"唔……"正在吃蛋糕的植安奎被她猛地一吓，给狠狠地噎住了，他沾满奶油的手慌张地拍打着胸脯。

"你没事吧？"夏薇薇也跟着慌了神，连忙跑过去倒了一杯水递到他面前，伸出手拍打他的后背。

咦……这个蛋糕……怎么这么眼熟？

夏薇薇看着面前已经被解决得差不多的蛋糕，突然意识到自己的劳动成果已经被吃掉了一大半了！

"呼……干吗这么大呼小叫，如果本少爷的心脏不好，会出人命的。"植安奎放下水杯，白了夏薇薇一眼。

"你吃掉了我做的蛋糕……呜……那个是我准备要送给别人的礼物……"夏薇薇心里一阵难过，盯着植安奎那张很欠揍的脸。

"唔？这样子哟，我说味道怎么会那么差劲，我给你变回来不就好了嘛。女人，你可不可以不要哭？"植安奎坐直身子，探寻的眼神望着夏薇薇。

"那根本就不一样嘛，吃掉别人的东西还说味道差劲，你真的很不可理喻。"夏薇薇瞪了他一眼，气呼呼地抱起桌子上剩下的蛋糕就走。

"你干吗拿走蛋糕？"植安奎愣了一下，没有想到她竟然会有这么大的反应。

"你都说很难吃了，干吗还要放在那里？"夏薇薇头也不回。

"我没有说难吃啊，这次是我错了好不好，我真的不是故意的。"植安奎连忙站起身来，跟在夏薇薇的身后连声道歉。

他也会道歉了？

夏薇薇突然止住脚步，不可一世的植安奎也开始学会考虑别人的感受了。看来牺牲一个蛋糕还是值得的。

"那好吧，既然你知道错了，就把剩下的蛋糕吃干净，而且不许说难吃，这是我第一次做蛋糕。"夏薇薇转过身来，晶莹粉嫩的小嘴有些生气地嘟着，大眼睛迅速看了植安奎一眼，把手里的蛋糕推到了他的面前。

"呃……好吧，其实蛋糕的味道也不算坏啦……"植安奎干笑着接过蛋糕，看着夏薇薇认真的样子问："那你是为谁做的蛋糕？"

"林沐夏，我想拜托他找人教我魔术，我看那个乔森变猴子的魔术就挺不错哟，而且他邀请过我吃甜点，所以我想回请他。"

"其实你不必这么费工夫，既然我吃掉了你的蛋糕就当是你送我的吧，就由本少爷教你魔术吧。"植安奎很有责任感地拍拍胸脯，一脸骄傲的笑容。

"……不要你教。"夏薇薇本来想要满心欢喜地答应，可是看到植安奎大言不惭的样子她就不想跟他学了，不由得小声拒绝。

"那好吧，就当我没说。"植安奎耸耸肩膀，一点都不在乎地转身就要离开。

"等一下，"夏薇薇的脸上浮起一抹狡黠的笑意，"跟世界顶级的魔术师住在同一屋檐下，怎么可以错过这么好的学习机会呢？还是你来教我魔术吧，我想参加'幻之光芒'的终极挑战赛，而且我也会努力学习的！"

"早说嘛！女人真麻烦。跟我到屋外的空地去学吧。"植安奎嘴上满不在乎地说着，心里却在暗暗发怵——这家伙到底想干吗？她似乎确实有点魔法的底子，可是，为什么她也一门心思地要抓着"幻之光芒"不放呢？自己想通过这个魔术大赛加入"渡鸦会"，可是她又是为了什么呢？

无论如何，自己吃了这个女人的蛋糕，只好说话算数，教她魔术了。

一番指教下来，夏薇薇已经浑身酸痛，精疲力竭地躺在青草地上，眯眼看着天空朵朵白云，她真的好累啊。

"我发现你真的很不开窍的样子，亏我还把你……"站在一旁的植安奎简直快要疯掉了，他自以为夏薇薇身上还有些魔法师的潜质，可是事实证明，灵性、顿悟、巧思……这些东西跟她统统无缘，她完全不是学魔术的料。可是那天晚上她怎么可以看透他的结果，真是令植安奎百思不得其解。一个与魔法有着千丝万缕联系的怪女人，怎么会连最基本最简单的魔术也学不会？魔法和魔术，在她的身上，简直就是两个不同的世界……

"你不要凶巴巴的，我们继续开始吧。"夏薇薇一脸倨犟，气鼓鼓地站起身子，吹弹可破的皮肤上渗出细细的汗珠。

"魔术不仅要有一双灵巧的手指，还要有很强的意念和对自己的信任，这些东西是要用心去感悟的，你明白吗？"植安奎看到她不服输的样子，忍住心头的怒火，尽量平心静气地说。

"嗯，明白。"夏薇薇认真地点点头，他说得也有几分道理。

夕阳沿着天边墨痕勾出的山线缓缓下垂，最后的霞光像退潮的海水一样收拢在了山隘。

夏薇薇还是一个魔术也没有学会，植安奎在她身边急匆匆地来来回回走走停停，晃得她都头晕眼花了。

"请你不要再继续走下去了。"夏薇薇叹息。

"你到底有没有学会一个魔术？！本少爷的时间也是很宝贵的。"

夏薇薇低下头，不知道为什么，似乎所有的魔术技巧到了她这里就像是产生了抗体一般无法融会贯通。

"没救了，不要告诉别人你做过我的徒弟。"植安奎只差掩面而泣了。

"其实我似乎学会了一个魔术……我可以试试吗？"夏薇薇小声建议。

"真的？当然！"植安奎似乎看到了一丝希望。

"毕露嘟嘟——"夏薇薇深吸一口气，双手打出一个大大的旋,一条粉色的星星沙顺着她的手指的方向飞去,果然,天边浓重的晚霞瞬间变成了粉红色。

与此同时,一道青紫色的闪电打了下来,吓得夏薇薇一声尖叫。

"你在做什么?这根本就不是魔术,是魔法!不要用魔法改变天象,会被惩罚的!"植安奎连忙跳过来,伸出手臂挥舞出一道白色的屏障向着天边推去。

"对不起……"夏薇薇吓坏了,她突然想起来,当年正是因为她把世界都变成了粉红色才受到"彩虹之穹"的惩戒。

天空又一次恢复了原本的颜色。

"也就是说,那么多魔术和魔法中,你就记住了这一个?"植安奎几乎想要找一块豆腐一头撞死掉算了,俊逸的脸气得通红。

"是啊。"夏薇薇认真想了一下,回答。

"如果我告诉你从始至终我根本就没有教你粉红色魔术,你相信吗?这种魔法到底是哪里学来的?"植安奎几乎要爆发了。

"我也不知道,总之心里有一个声音在召唤,然后……就这样一下,天空就变成粉红色了。"夏薇薇急忙解释,手里比画着施展魔法的动作。

这下子粉色星星沙全部扑到了植安奎的脸上,他原本因为发怒苍白的脸变成了可爱的粉红色,粉嘟嘟的。

"扑哧!"夏薇薇盯着他粉嫩可爱的脸颊,忍不住笑出声来。

"女人,你对本少爷做了什么?"植安奎似乎意识到了什么,变出一把镜子狂照起来,接着发出了杀猪一般的哀号,"啊!我的一世英名全部被毁掉了……呜……请你现在!立刻!马上!搬出我家!我再也不要看到你了!"

"对不起,我不是故意的。刚刚是我太着急解释……"夏薇薇意识到嘲笑他的后果的严重性,连忙上前安慰。

夏薇薇一路追着这个号叫不止的大魔王回到了猫梨七号，可他还是没有解气。

砰的一声，猫梨七号的大门被关上了。

紧接着，一个粉色的小行李箱子被丢了出来。

植安奎探出半个脑袋，气急败坏地瞪着愣在门外的夏薇薇："女人，最好不要让我再见到你。"

接着又是砰的关门声。

就这样被赶出来了吗？

夏薇薇对着紧闭的大门努努嘴，她才不要一直过寄人篱下的生活，世界那么大，一定有她可以生存下去的方法的。

没有丝毫犹豫，夏薇薇拖着行李箱转身向灰色的水泥道上走去，心里还赌着一股气。可是，一想到植安奎那探出来的半张脸，粉嘟嘟的脸蛋真是笑死人了……

不过要去哪里呢？灰色的天空中滚着暗沉沉的云，似乎要下雨了，她刚刚带回来的草莓还是帮着种草莓的老爷爷摘草莓换来的，箱子里除了几件衣服，她一分钱都没有。要不然把衣服当了换成钱……还是不要了……夏薇薇摇摇头，走进一个废弃了好久的电话亭中，她多想这个电话亭也跟在法国机场一样，给她吐出一把钞票，最好还有一张前往"彩虹之穹"的机票。

夏薇薇抬起头，看着夜空。在那高远的天空中，有她的家乡——那个美丽的魔法国度。

霹雳一声巨响，天空被炸出了一道狰狞的紫色，像是凭空裂开了一道口子。

瓢泼一般的大雨滚落下来，道路上的灰尘不断地鼓起灰泡泡，跟着一个个破掉再鼓起。

夏薇薇叹了一口气，真是屋漏偏逢连夜雨，现在她被困在这个废弃的电话亭里了。她扭过头看了一眼大门紧闭的猫梨七号,植安奎这个大魔头都不知道出来看下她,真是太不懂得怜香惜玉了!

伴着一阵刺耳的刹车声,一摊泥水哗的一下溅到夏薇薇的身上。

好脏……夏薇薇连忙跳起身子,兀然发现眼前停着一辆黑色加长的凯迪拉克,一把粉色双层抹油伞从车里探了出来,伞下的达文西一脸欢喜,递给夏薇薇一张名片:"夏薇薇小姐,我们蝶世纪唱片公司诚挚邀请你的加盟。"

"抱歉,我真的对当明星没兴趣。"夏薇薇低头擦拭着裙子上的污渍,满口拒绝。

"夏薇薇小姐,加入我们唱片公司,我们将会为你提供食宿,而且会为你量身定做服装和演艺路线,并且还有很高的薪酬,更加重要的是,你可以通过这个赚到你人生的第一桶金,同时证明你的能力!"达文西把雨伞架在夏薇薇头上,叽里呱啦地解释着。

"等一下,你是说我可以赚钱养活我自己?"夏薇薇抬起头,不可置信地盯着达文西。

"对!这个是我们公司的名片,你可以考虑一下。现在雨下得很大,你一个人在这里也不方便……"戴着夸张的花帽子的达文西眯起眼睛很温柔地说,"上车吧,我带你去参观一下公司。"

"那我是不是有机会见到朴秀琳?"夏薇薇急切地问。

"这个是当然,只要你想,我一定为你安排。我们先走吧。"达文西十分自信。

"好!"夏薇薇大声回答,窘迫地扭头看了一眼身边的小行李箱,心想自己现在看起来一定很落魄。与其在这里生闷气,还不如尝试自力更生。

达文西似乎读懂了夏薇薇的心声,尖起指头帮她拉起了行李箱,向凯迪拉克走去。

猫梨七号宽敞的客厅里，欧式奢华古朴的镜子里映出了植安奎逐渐恢复正常的俊脸——那个女人偏偏哪壶不开提哪壶，他对粉红色魔法天生没有抵抗力，所以才怕得要死。

现在终于把她赶出去了，他又恢复了自由自在的单身贵族生活。

呼……看到自己的脸恢复了原本的样子，植安奎这才坐到沙发上，扭头看到了堆了满满一桌的翠色珠子，本来想给那个女人的，现在看来也没必要了。

突然一道闪电划破了天际，哗啦啦的大雨冲刷着屋顶上的玻璃，植安奎不由得站起身来，这么大的雨，那个女人不会有事吧？然而，这个想法在他的脑子里只是一闪即逝，让她在外面吃点苦头也是好的。

偌大的屋子突然变得空荡荡的，好奇怪，以前他也没觉得这里很安静，为什么夏薇薇离开后，他会有些不适应呢？想到第二天他还要跟卢玛尔进行最后的比试，他决定放下不适的心绪，好好休息。只有打败了卢玛尔，才能进入终极挑战赛，从而进入"渡鸦会"。连日来的多场比赛已经让他有些疲惫，而卢玛尔绝对不是一个容易对付的对手。所以，他必须好好休息。

打败卢玛尔之后在终极挑战赛上会遇到谁呢？

按照比赛规则，这个对手目前还保持着神秘的身份，可以由大赛的主办方从全世界的魔术师中选拔。他很可能是某位非常厉害的导师级魔术大师，也可能……噗，是夏薇薇这样的三脚猫。

他突然想起最近夏薇薇狂热地要学习魔术，难道不就是为了能够靠着运气，钻赛制的空子，被挑选进入到"幻之光芒"的终极挑战赛吗？对了……难道，夏薇薇是为了和自己争夺进入"渡鸦会"的资格？那家伙到底在想什么啊！她怎么可能有终极赛的资格！

桌子上的钥匙反射着光芒，夏薇薇走得急把钥匙落下了，植安奎叹了一口气，对着木制的门设了一个魔法，这样子夏薇薇回来的时候可以直接进来……

好好睡觉之后去参加比赛！

清晨的第一缕阳光照进屋子，植安奎惯性地来到夏薇薇的卧室门口，却发现每每紧闭的房门此刻大开着，里面早已人去屋空，心里不由得失落落的，那个女人昨天晚上一夜都没有回来，难道是在跟他斗气？他才不要去找她回来呢。

植安奎站在高高的塔楼上睥睨赛场，风卷着他黑玉一般的发丝，植安奎明显感觉到这次的比赛赛场周围刻意加固了一层结界，估计是为了防止类似上次夏薇薇的爬墙事件的发生……

金发金瞳的卢玛尔已经准备好了，他的身上散发出阵阵极具攻击性的气场。上次的平手之后，卢玛尔大概也觉得很不甘心吧。

马赛克铺成的地板上，光芒四射，绚烂极了。随着看台上林沐夏敲响金色的铜锣，植安奎和卢玛尔开始了对决。

这一次，植安奎要用上真正的魔法，卢玛尔经过这段时间的练习，似乎变得更加厉害了……不知道为什么，植安奎突然想起了上次比赛过后，夏薇薇替他抱不平的样子，那个时候夕阳正红，她的脸镀上了一层温暖的红晕……

就在他失神的时候，天空中突然爆出许多火光，卢玛尔启用了破坏力很强的幻术，植安奎稍不留神，身上的黑色魔法袍就裂了一条口子，火势沿着他的衣服向身上蔓延，他连忙闭上眼睛，平心静气——魔法之火会随着人们的恐惧感变得更加强烈。

围观的魔法师们都十分紧张，卢玛尔的魔法力量很强大，他还是林氏财团最倚重的魔法师……植安奎会有危险。

赛场的角落里，几个身穿黑色魔法袍的老人缓缓入座，他们灼灼的眼神盯着正在斗法的年轻人，花白的胡子垂在地上，却一尘不染。

眼看着植安奎已经被烈火包裹了，突然，一道赤金的光辉迸射出来，植安奎大喊一声："以爷爷的名义——守护！"

金色的光芒愈发扩大，悬在半空的卢玛尔措手不及，从半空中跌落下去。所有的魔法师都惊呆了，当年"彩虹之穹"皇室叛乱的时候，植川仁大魔法师也是用这一个"守护"魔法打退了敌人。

胜利者已经产生了，植安奎缓缓地降落在地面上，脸上身上全是斑驳的焦痕，看来他也被大火烧得厉害。

然而，鼎沸的欢呼声中，观众席上几位老人深邃、神秘的眼底隐隐透出一丝不易察觉的焦虑。

天空突然绚烂起来，五彩的星星沙里卷着玫瑰花瓣，令人迷绚的花雨中，植安奎的身影高贵如同王子，他深深地吸了一口气，对着场上所有的魔法师深深鞠躬。接下来，就剩下终极挑战赛了。不知道"幻之光芒"的主办方会让什么人和自己对决。对决的胜利者，可以获准进入"渡鸦会"。只要进入了这个古老而神秘的魔法师组织，他就可以……

想到这里，植安奎的目光变得忧郁而深沉了。

十六年前，他所在的伟大的魔术世家发生了可怕的变故……植安奎因此从小就被严禁学习魔术，就是因为家人不希望他发现魔术和魔法相通的秘密……而现在，随着慢慢长大，植安奎感到自己必须肩负起家族的荣誉，弄清楚十六年前那场变故的真相。

要弄清真相，只有一条路可走，那就是进入"渡鸦会"。

"你不要开心得太早，还有很多跟我一样甚至比我还要强大的魔法师在等着你，林氏集团身后强大的支持者也不会轻易认输的。"耳边突然传来了卢玛尔低沉的声音,像是一个警告,"而我也不会甘心的!"

"我会记得的。"植安奎直起腰,右手放在胸前向对手表示尊敬。

赛场突然变得一片喧闹,大家纷纷起身拥护这场比赛的胜利者,所有的观赛者都挥舞着手里的魔法棒,天空一片绚烂。

庆祝结束之后,植安奎回到家一觉睡到大天亮。

醒来时他不得不面对这个事实:猫梨七号偌大的屋子里静悄悄的,到处都空空荡荡的,好像失掉了什么。

找寻不到夏薇薇的影子。难道她真的不回来了?还是露宿街头……被拐走了……或者病倒了……可是,这个家伙走的时候身上根本没有钱啊!

最最重要的是,获得胜利之后没有人分享喜悦是一件多么失落的事情啊!

不行,植安奎决定去把夏薇薇找回来。

"跟随你的主人,带路。"植安奎的食指华丽地拂过桌上的钥匙,嘴唇轻轻翻动,念出了咒语,钥匙噌地一下立起来,像小狗一样在空气中嗅了嗅,然后被人牵引一般向着门外飞去。

寂寞的猫梨七号

　　碧蓝的天空泛着点点白云，充足的阳光给碧水镀上了一层金色的光芒，远远看去，一个蘑菇红顶的别墅矗立在水边，豪华的私家泳池水色湛蓝，屋子墙壁上用天然海贝镶嵌出的图案精致均匀，一团又一团的大丽花绚烂地绽放着……隐约可以看见别墅门前的花园后躲着一堆人，似乎在偷偷摸摸地窥视什么……

　　那个女人怎么会来这种地方？植安奎皱皱眉，收起带着夏薇薇气味的钥匙，侧了一下身子降落到了别墅里的游泳池旁。

　　哗啦啦！植安奎还没有反应过来，原本晴好的天空突然下起了大雨，冰凉的雨水几乎覆盖了整个别墅……不对，蓝莹莹的天上还挂着一轮金灿灿的太阳……而且昨天他看天气预报也没有下雨的迹象。

　　植安奎正在疑惑中，手指用力驱动一个避雨的魔法，下意识地抬起眼睑,只见别墅银色的大铁门前站着一个身穿黑白相间的女仆装的女孩子,她身上被大雨淋得湿漉漉的,正楚楚可怜地抱着铁廊柱浑身发抖……

他总算弄清楚状况了,水源竟然是几个躲在别墅墙后的男子举着高压水枪喷出来的,明明就是欺负小女生。

可是这种事情似乎与他无关,一个愿打一个愿挨,植安奎也不理会,抱着手臂看着对面的小女仆,外层白色花边的喀秋莎裙摆正在滴水,头上的蕾丝花边帽子狼狈不堪地耷拉着,小女仆的肩膀断断续续地抽动着,她似乎正在哭泣。

突然,那个女仆抬起头,看向别墅,她的声音不大:"对不起,我下次会做好的。"

水枪喷出的水肆无忌惮地打在小女仆身上,她似乎要晕过去了……那些躲在别墅墙后面的男人……太过分了!

接下来发生的事情是,原本的瓢泼大雨突然停了,拿着水枪喷水的几个男人突然变换了位置,被凌空的水枪追得哇哇大叫。

躲在花丛中"偷窥"的几位先生莫名其妙地放下手里的设备,完全摸不着头脑地迈着整齐的正步,走向游泳池,扑通——扑通——纷纷落水。

"怎么回事?"

"哇哇……救命……"

……

"……导演,制片……你们到游泳池里做什么?嘿嘿,不过看起来是很凉快呀。"抱着一摞毛巾的达文西闻声跑到游泳池旁,百思不得其解地看着在水池里摆着奇怪的姿势大呼救命的导演和制片。

夏薇薇呆住了,刚刚发生了什么?导演没有喊 cut 啊……

"喂，愣着干吗？跟我走！"植安奎冷冷的声音传来，夏薇薇感觉有人抓住了自己的手臂。

"是你？我现在在工作，等下说。"夏薇薇挣开植安奎的手，踮起脚尖努力寻找导演的影子。

"什么工作？你看看你的脸，一点血色都没有，还有你穿的是什么衣服……为什么穿成这个样子……"植安奎看着她浑身滴水、面色苍白的样子，突然生起气来，可是他的话还没有说完就被打断了。

"夏小姐，淋坏了吧？"达文西一脸关心地急忙赶了过来，把手里的大毛巾裹在夏薇薇身上，他长长的头发扎成一个夸张的马尾，看起来还真滑稽。

"谢谢你，我还好。"夏薇薇感激地道谢，扬起手臂揉揉眼睛。

"眼睛不舒服吗？"达文西拉住她的手臂，温柔地问。

"没有，就是有点涩涩的，估计是刚刚的水滴到眼睛里去了。"夏薇薇照实回答。

"我这里有眼药水，滴进去润一下会好一些。"达文西变戏法似的从口袋里掏出一瓶清澈的液体，递给夏薇薇。

"等下，你这家伙是从哪里冒出来的……"植安奎被达文西这一连串的动作弄得莫名其妙。

"对不起，忘记介绍了，我是蝶世纪唱片公司的经纪人，夏薇薇小姐是我们公司新签约的艺人。"达文西丝毫没有听出植安奎的不悦，乐呵呵地解释。

"这个女人连卫生都不会做，怎么会当明星，真是笑掉大牙了……"

"喂，年轻人，刚刚是你干的吧？"一个落汤鸡般的中年男子腆着大肚子从水池里爬起来，气呼呼地瞪着植安奎。

夏薇薇眼疾手快，一把拽住植安奎抬到半空中的手——这个大魔王肯定马上要发作了，导演一定会吃不了兜着走的。

"喂，植安奎，你快回家啦！别在这里捣乱，我要工作！"夏薇薇说。

"什么？植安奎？您就是世界顶级的魔术师，植……植……植安奎？"达文西两眼冒着"心心"，把夏薇薇挤到了一边。

"就是世界顶级的魔术师也不可以扰乱我们的拍摄呀！真是太过分了。"导演一副得理不饶人的表情，"你还没有经纪公司吧，我将会以整个剧组的名义起诉你。"

"随时奉陪。"植安奎没有一丝恐惧，抱起手臂，镇定自若的样子。

"我看这件事情还是不要闹大为好……"达文西看到剑拔弩张的两个人，只好缩到一旁小声地说。

"你知道我们租用这个场地是按照小时付费的，而且为了保证质量，许多镜头都要重拍好几次，已经很耽误我们的时间了，现在还发生这样的事，整个剧组都乱成一团了。"胖胖的导演大叔显然很生气，看到植安奎一副不道歉不认输的样子，他更是怒火中烧。

"导演，对不起，我会好好拍的，争取一次通过，都是我的错。"夏薇薇想到植安奎的臭脾气，只好低头道歉，原本就被淋得乱七八糟的小小身子现在看起来更加弱不禁风，清澈的眼底涌动着泪花。

"对对对，还剩下十五分钟了，导演我们先抓紧拍摄吧。"达文西在一旁帮腔，"夏薇薇是他的妹妹，看到她淋雨，做哥哥的会比较激动，这个也是人之常情。"达文西定定地注视着夏薇薇的眼睛，暗示她配合他。

"对，是我哥哥不懂事，导演，请你原谅他吧。"夏薇薇似乎要哭了。

"什么？"植安奎用手指指着自己的脸，难以置信地盯着夏薇薇，"喂，女人，跟我回家吧！这帮大叔拍个偶像剧很了不起啊？"

植安奎的最后一句话变成了含混不清的几个音节，因为达文西和夏薇薇已经以迅雷不及掩耳之势扑上去捂住了他的嘴，把他拖到了一边。

"好了，我不要听你们乱七八糟的解释了，无论如何，夏薇薇你这次要一次通过，否则我们剧组就考虑换人！"导演大声命令，说完扭头就走。

呼……夏薇薇重重地舒了一口气。

植安奎不满地瞪了导演一眼。

他担心地看了一眼低着头的夏薇薇，没有想到，迎接他目光的竟然是一张放松、微笑的脸，就像是黑沉沉的天幕中突然洒下温暖的阳光直照入植安奎的心底。

夏薇薇头上的蕾丝小帽下面，黑丝一般的发梢还挂着晶莹的水珠，在阳光的照耀下灿若星辰。因为淋湿的原因，她瘦弱的肩膀微耸，衬着如瓷般精致的脸颊，粉嫩晶莹的唇瓣扬起，露出玉石般的牙齿。

"总算是有惊无险，下次你用魔法的时候一定要搞清楚状况哟。"夏薇薇认真地说，她突然发现植安奎原本冷漠的眼神多了一层异样的光彩，好像整个人都愣住了！

"你……没事吧？"夏薇薇伸出手在植安奎的眼前晃晃。

"女人，快点拍戏去吧，你记住，我会在这里等你。"植安奎这才缓过神来，有些不自然地叫道。

"凶巴巴的……"夏薇薇小声嘟囔了一句，真不知道又是哪里惹到他了。

扑通——扑通——植安奎似乎听到了自己的心跳声,该死,刚刚是怎么回事?他用力按住胸口,懊恼地回忆着刚刚的画面……

都是那套衣服害的啦!

剧组人员很快又准备好了拍摄,高压水枪里冰凉的水打落下来,夏薇薇演得很好,虽然是路人甲的角色,但是植安奎看到了剧组导演和制片大叔们满意的眼神。

夏薇薇总算拍完了,她苍白的脸上挂着水珠,凉风吹过,不由得哆嗦起来。

"怎么不给你加一件衣服?"植安奎看着她冷飕飕的样子,忍不住说。

"达文西还要照顾公司里别的艺人,阿嚏!"夏薇薇忍不住打了一个喷嚏,下意识地擤擤鼻子,抬起头问:"你等我有什么事情吗?"

"……"植安奎看着她清澈的眼睛,不由得愣了一下,半晌,他才说:"跟我回去吧,你不回去没有人做家务。"

夏薇薇想了一下,坚定地摇摇头。

"在这里日晒雨淋很好吗?况且还当这种路人甲的角色,连感冒了都没人管。"植安奎抱怨。

"我不回去是有原因的……"

"因为当明星可以出名吗?万众瞩目的感觉你很羡慕对不对?"植安奎不理解她为什么要留下来受罪,不由得气呼呼地反问。

"你不会理解的,住在你家,我似乎都失去自我了,现在我认真工作,可以自力更生,更加重要的是,我会成长起来,而不是做一个清洁妇。"夏薇薇觉得植安奎似乎在故意挑她的毛病,既然要她回去当初为什么赶她走？如果不是因为达文西的话，她恐怕要露宿街头了。

"我可以给你工资，这样你也可以凭借自己的劳动获得报酬。"植安奎放低了声音，刚刚夏薇薇的话震了他一下，她的话不是全无道理的。

"其实还有一个原因，那就是达文西，不管遇到任何困难，他都会很耐心地跟我讲道理，不会嘴巴很坏地批评我，所以我很需要他……"夏薇薇点点头，美丽的脸上似乎多了很多别的情绪，把她烘托得更加动人。

她开始变得坚强、独立，并且依靠自己了。

"那好吧，那你吃苦头的时候不要埋怨我没有提醒你。"植安奎看了她一眼，也懒得再劝说，像她这种弱不禁风的少女，大概吃够苦头就会回到猫梨七号了。

植安奎嘴上倔犟地说着，冷冷转过身，留给夏薇薇一个离开的背影。

从什么时候起，他开始关心起这个有着神秘身世的女孩了呢？植安奎默默地背朝着夏薇薇，越走越远。"植安奎，你不能分心啊！"他在心里对自己说，"还要经历终极大挑战，才能成为'渡鸦会'的一员，从而解开十六年前的那个秘密。"

猫梨七号的客厅里，植安奎百无聊赖地窝在柔软的摇摇椅上，拉斯菲尔摇晃着毛茸茸的尾巴，舔着他的手掌心。

"好了，乖啦乖啦。"植安奎被它弄得直痒痒，翻转手掌心拍拍它的头。

他刚刚给拉斯菲尔准备好牛油果狗粮，扭过头，只见客厅地板中央突然多了一坨黑乎乎的东西——狗屎！

"拜托,你不会老到连拉屎都找不到地方吧?呜……"植安奎无奈地抱怨着,只好一动指头,狗屎自己从地板上飞了起来,绕了个弯飞进了卫生间。

哎,以前夏薇薇在这里的时候家里从来都没有出现过狗屎,看来赶她走是一件很不方便的事情。

糟糕!

植安奎突然看见洗手间旁的桌上摆着的一封金色的信——奇怪,是谁闯入了他的家?猫梨七号被植安奎精心布下的魔法结界保护着,除了夏薇薇曾经打破过,还不曾被人突破过结界呢。

植安奎从摇摇椅上起身,走到了桌前,把信拿在手里——他不敢随意动一动手指召唤那封来历不明的信。金色信封的背面盖着朱红色的火漆,好像一团凝固的血。

他认出了火漆的图案,那是"渡鸦会"的秘密标志。

难道……

植安奎认真地将信拿在手里,感受着这薄薄的纸片的魔法力量。有轻微的魔力在震动……那么,这应该是一封货真价实的、来自"渡鸦会"的密信了!

小心地撕开火漆封印的信封,展开信纸,原来那竟是一封邀请函!虽然还没有取得"渡鸦会"正式成员的资格,但是他获准可以参观一下这个古老的魔法组织,时间是当晚七点。

就像一个闷雷打在植安奎的脑门上,他抬头看看时间,已经晚上七点多了,呜……竟然迟到了——那种庄严肃穆的场合,他都不知道怎么硬着头皮走进去……或者,他还可以遇到那位即将跟他角逐的神秘对手,他应该也会收到邀请函吧……

无论如何,他一定要去看看!

植安奎眯起眼睛,仔细地盯着邀请函上的地址。接着他瞳孔一缩，定住身形，身体渐渐隐去。

借着清冷的月光，他停在了"渡鸦会"总部前，这个拥有了上百年历史的古老的魔法组织，其后更多的是神秘的魔法家族的支持……

今晚的月亮大若银盘，尽管如此，皎洁的月光还是掩饰不住眼前中世纪城堡上萦绕的一层荧光。这个像是斗兽场一般的宏大建筑里，弥漫着一股暗香，蒸蒸腾腾涌动在圆场周围，让人不由得肃然起敬。场地正中央矗立着四根粗壮的黄金柱子，因为年代久远，金色的光辉并不耀眼，倒显得沉静安宁，十分古朴耐看。更有不知从哪里发出的神圣金色光雾升腾凝聚到半空中，拥绕着与四根廊柱相对应的一根浮在半空中的金色魔法棒，四周不断涌出吉祥的紫色雾气。

植安奎打量了一下四周，凝重之余，仍然忍不住叹了一口气，这个奇怪的建筑是谁设计的啊？门在哪里？

他正犹豫要不要用魔法穿越过去，但是在魔法圣地公然使用魔法，会不会有点班门弄斧……

突然，城堡似乎有感应一般，在正中央缓缓凸出两根圆形的廊柱，逐渐形成一道拱门。眼前渐渐延展出一条石阶梯，植安奎没有丝毫犹豫，走到台阶上，一阵清凉的水汽扑面而来，他眼前一花，怀里的邀请函自动跳出来，在半空中燃成了灰烬。

只是一瞬间，植安奎就发现自己置身于一个宽阔的大厅里，蓝莹莹的月光透过巨大的落地窗在光洁的地板上落下更加清冷的影子，大厅四周很空旷，没有太多摆设，只感觉冷森森的。他可以清晰地听到自己迟疑的脚步声回响在大厅里。

"我是植安奎，受'渡鸦会'长老们的邀请特来拜访……"植安奎站在大厅中央，低头致敬，格外清亮的声音像水波一般荡漾开来。

"咳咳……竟然有人敢迟到……"一个苍老的声音低低地回应着，言语中透着一丝狡黠。

"是呀，现在的年轻人不比我们当年。"一个老太太跟着帮腔，似乎在埋怨，听起来很严苛的样子。

"对不起。"植安奎有些心虚。

"可爱的植安奎，下次可不许迟到了哟。"一声少女般娇俏的调侃声过后，黑暗中突然亮起一抹黄色的光辉，照亮了屋子中央的几个人影，他们清一色穿着黑红相间的魔法袍，胸前硕大的魔法金色勋章代表着他们卓越的魔力，扑展开来的魔法袍上隐约可以看见精致的滚金刺绣。

可爱的植安奎……鸡皮疙瘩……在他的记忆里，似乎没人说过他可爱……

植安奎在原地不自在地站了半天，再抬头看去，只见大厅中央巨大的会议桌前已经坐满了人。

这些家伙现形的速度真是快啊！

他本能地向着最后说话的人的方向看去，虽然早就知道"渡鸦会"是清一色的老头子老太太，只有那些非常老牌的魔法师才有资格加入，而且他们中的很多人甚至都忘记了自己的年龄，可是他还是出于本能想要找到一个与自己年纪相仿的人……然而，等到他看见坐在最上边的那位白胡子老头子的时候，他已经明白了什么叫作脾气举止古怪、打扮入时……明明是一个皱纹遍布的老头子，说话声音竟然跟小女孩一般娇滴滴的……

"嘻嘻，我叫摩卡拉，你可以昵称我摩卡。"为首的长老摆弄着手里的玩偶，欢快地自我介绍着，他低垂的眼眸根本没有看植安奎。

摩卡拉？"渡鸦会"现任的首席长老，传说中最伟大的魔法师……搞什么呀，怎么可能……他心中的长老应该是浑身奢华气派，散发着浓厚神秘的魔法气息的一位老人……

植安奎只是一阵恍惚，突然感觉两道锐利的视线朝他看了过来，正是从摩卡拉的方向来的，可是他根本没有看他……难道他会读心术？

"对不起，我因为有事情耽误了。下次不会了。"植安奎连忙低头道歉，暗自懊恼竟然那样想长老……更加郁闷的是还被发现了……呜……这对他进入"渡鸦会"是很不利的……

"没有关系，我们已经好久没有遇到迟到的人了。唉……盛碧拉，你的头发什么时候染成了粉红色？"摩卡拉一副气定神闲的样子，看起来很像个知足的小孩子，他眯起眼睛冲着植安奎笑笑，接着认真地研究起身边的那个老奶奶的头发来。

盛碧拉？传说中统管色彩的魔法师，世界上最美的颜色就是她搭配出来的……

"嘻嘻，我不久前学了粉色变色魔法，就尝试了一下。"盛碧拉很开心地解释着，她苍老到近似浑浊的眼睛欣喜地盯着摩卡拉。

"上次我说让你帮我把我的金毛犬染成浅蓝色，盛碧拉，你还记得吗？"

"明明是染成红色，我当然记得。"盛碧拉噘嘴，不满地说。

"是浅蓝色……"

"红色！"

……

植安奎目瞪口呆地看着他曾经崇拜到了极点的两位顶级魔法师像小孩子一样吵起架来。而别的长老们则在长桌前面睡倒了一大片，全部一副没精打采的样子，他们似乎已经与世隔绝了很久，成天只知道吃喝玩乐，都快要退化成小孩子了。

"长老们，我需要你们的指示。"植安奎再也不想听他们对于颜色的争吵，忍住性子低声说。

"哦……那你随便染颜色吧……我记得是让你染成绿色的……"摩卡拉似乎被绕晕了，有些不确定地叮嘱了一句，然后看向植安奎，掉光了牙齿的嘴巴嚅了几下："你可以帮我在人间找到一只黑色的猫咪吗？我已经有三十多年没有见到它了……呜……"

"我可不是来帮忙找小动物的……真是一群寂寞到忘记时间和生命的老古董！我还有更重要的事情要做呢！"植安奎心想。

可是为什么摩卡拉看似苍老的眼神中总有种他把握不到的东西呢？像是涌动的电光……

植安奎从"渡鸦会"总部出来的时候，他才意识到外面的空气是多么新鲜，他突然很想念夏薇薇那张略带婴儿肥的脸，看来还是跟那种天真又活泼的女孩子在一起比较没有压力。

第6章
神秘的画像

- 小公主的冒险之旅
- 大明星的荆棘之路

【出场人物】

夏薇薇，植安奎，达文西，"渡鸦"会的魔法师长老，
林沐夏，朴秀琳

【特别道具】

神秘画像

小公主的冒险之旅

碎金一般的阳光照在夏薇薇的小脸上，刚刚达文西给她开了工资，虽然不是很多，但是尝试到第一次赚钱的滋味实在是太棒了，她有种一下子变成大人的充实感。

不知不觉中，睡意渐渐袭来，夏薇薇翻了个身，在清凉的躺椅上伸伸懒腰，真是舒服。

呼……如果每一天都可以像这样睡上一个好觉，就太棒了……

天空突然灿若流金，七彩的光环逐渐变大，再变大……夏薇薇开心地向着前方奔去，空气里弥漫着一股甜蜜的蛋糕香味。

肚子咕咕地叫起来，夏薇薇撇撇嘴，好想念那些美味的食物……

突然眼前出现了一张铺着粉色台布的西式甜品桌，上面摆满了精致的法国甜点……真是奇妙，一切都像是冥冥之中有人特意按照她的心意安排的……她伸手去拿……可是还没有放到嘴里……甜点像是装了发条一般飞到空气中去，在半空中转着圈圈。

"下来，下来，我饿坏了。"夏薇薇跳着脚，急切地想要把它们一个个地抓下来。

"美拉，你还是这么贪嘴……"一个熟悉的声音从耳边传来，夏薇薇抬头看去，只见不远处的白色大理石的祭台上有一个颀长的影子，宽阔的魔法黑袍在风中摇摆，乱舞的额发下，如同星星般闪亮深邃的目光正盯着她，里面似乎藏着说不完的话……

美拉？对面的男人是谁？植安奎吗？可是，总觉得哪里不太一样。

"对不起，打搅你了。"夏薇薇对着前方的人影点点头算是道歉，百思不得其解地扭头往回走。

不对……那个白色的大理石祭台……那是"彩虹之穹"为了施展惩戒魔法才用的祭台……怎么会在这里？难道回家了？是梦吗？

"你不是美拉……但是为什么可以找到我？"男子的声音变得黯然，原本弥漫在四周的金色光辉变成了细碎的星星沙，渐渐消失。

"先生，请问，这里是哪里？"夏薇薇感觉很奇怪，转过身问他。

那个有着星星般眼睛的人正仔细地打量她。

"原来你是彩虹之穹的小公主，哎，你怎么还在这里耽误时间呢？难道你不知道危险就要来了吗？到目前为止你还是没有找到'公主的守护者'……"那个男子叹了一口气，有种无奈的味道。

"你怎么知道我的身份？你是谁？"夏薇薇睁大眼睛，浑身的防备细胞统统觉醒了。

"我是可以探知你的命运的人，不要再耽误时间了，去'渡鸦会'寻找答案，希望你可以逃过命运的安排。"男子突然转身，修长、白皙的手指打了一个清脆的响指，俊美到令人窒息的侧脸掩映在飘逸的发丝中，声音如同游丝："那些甜点你吃掉吧，美拉不喜欢吃太多，怕长胖，不过我想你不会在意的。"

嗖的一声，黑袍迅速变大，男子消失在暗黑的夜里，只剩下一根孤独的白色廊柱，廊柱上逼人的魔法力量给夏薇薇一种强大的压迫感。

"等一下，你刚刚说的是什么意思？"夏薇薇着急地想要跟上男子的身影，可是脚上像是被粘住了一般根本动不了。

她正着急得不得了……突然……

"哇！"

挂在天上的甜点像是下雨一般落在小桌子上，她情不自禁地叫起来，一双大眼睛里全是各式各样的甜点。

"小薇薇，小薇薇……"耳边似乎有人在叫她的名字，可是她哪里有工夫理会，好甜好香的点心，她好久没有吃到那么正宗的味道了。

"梦到什么好吃的了？醒醒，醒醒。"

夏薇薇感觉肩膀被人推搡着，很不舒服，美味的蛋糕一下子化成碎碎的细沙，一点点消散……

"啊——你干吗……"一张在眼前突然放大的脸吓了她一大跳，夏薇薇防备地坐直身子，大眼睛戒备地盯着达文西。

"呜呜……"达文西委屈地呜咽起来，"我只不过是很好奇小夏薇薇在睡着的时候拼命咂嘴，到底是梦到了什么呢……所以，我特意给你准备了这个！"达文西兴高采烈地从身后拿出一盒巧克力慕斯蛋糕，眯起的眼睛里满是宠溺。

"对不起，我不该大呼小叫的。"夏薇薇看了一眼蛋糕，心里十分欢喜，可是隐约中她似乎还记得刚刚的场景——尤其是现在，那个神秘男子的话在她的脑子里格外清晰，为什么要她去"渡鸦会"呢，难道爸爸说的那个"公主的守护者"跟渡鸦会有什么关系？

夏薇薇的心里充满了疑虑，因为就在一天前，她收到了一封奇怪的金色请束，上面写着奇怪的地址，但是没有写时间。请束的落款，正是"渡鸦会"。因为最近总是在忙各种通告，她就把这封奇怪的请束忘了。

可是，爸爸的提示里面，只说到了"幻之光芒"啊？

那个神秘的梦中人，为什么会提到"渡鸦会"？

"幻之光芒""眼泪""渡鸦会""公主的守护者"……刚刚睡醒的夏薇薇，现在是一个头变成两个大！

"小薇薇，你在想什么？"达文西很贴心地坐到她身边，温柔地问。

"我今天晚上还会有通告吗？我想去一个地方……"夏薇薇拧紧眉头，认真地看着达文西，刚刚的梦亦真亦假，她一定要弄明白。

"让我看看，"达文西一副沉思状，从口袋里掏出一个迷你文件夹，接着笑着说："没有通告了。小薇薇是不是想要去哪里玩？游乐场吗？还是甜品城？听说那里来了一个超级棒的法国甜点师傅……好像是林家的那位少爷哟……"

"不是的，我想去拜访一下……嗯，一个不知道是好人还是坏人的朋友，有些事情必须要做。"夏薇薇沉吟了一下，接过达文西手里的蛋糕，佯装轻松地微笑："谢谢你的蛋糕，我很喜欢，那么我先走了。"

可是她的心底还是有种无法释怀的沉重感,"渡鸦会"那种魔法超强的地方,她可以闯进去吗?

夏薇薇刚刚准备离开,突然一个宽厚的手掌落在肩膀上,把她拦住了。

她不由得怔了一下,肩膀上的掌心里传来了一股奇异的力量,一直蔓延到了她的心底。

这种感觉很熟悉……可是她又想不起来……

"小薇薇,我们说好了要一起加油的,不管是当明星还是做你自己的事情,我们都要互相帮助,人多力量大,我跟你一起去。"达文西收起嘻嘻哈哈的笑脸,变得很认真,他从口袋里掏出手机递给夏薇薇:"这个是林少爷给你的手机,现在还给你,拨打2就是我的电话哟。"

"嗯!"夏薇薇转过身,看了一眼手机,对达文西满心感激,突然发现现在,他们已经是很好的朋友了。

按照请柬上的地址,夏薇薇和达文西来到了市郊的一座古堡。

夜安静得可怕,滚滚黑云之上,夏薇薇可以看见"渡鸦会"总部的尖塔的一角,达文西开着加长的凯迪拉克,十分镇定的样子。

"到这里就可以了。"夏薇薇脱下身上的便装,露出黑色的夜行衣,很自信地对着达文西做了一个手势。

"小薇薇,你一定要小心呀,记得打不过就要赶紧逃走……那样子不吃亏的……呜……"达文西似乎要哭了。

扑哧一声,夏薇薇笑得弯弯的眼睛眨了一下:"世界上还有一个人说了跟你一样的话,那就是我老爸,他总是说三十六计走为上计……我发现达文西对我真的很好……"夏薇薇说完,踮起脚尖抱抱他的身子,心里安心多了。

"哎呀，千万不要相信老男人的话呀……不过，听我的话是没错的，不要耽误时间，快去吧……"

夏薇薇告别了达文西，先是被"渡鸦会"宏大奢华的建筑吓了一跳，接着屏住呼吸轻手轻脚地沿着圆形广场的黄金廊柱，悄悄溜了进去。

看来最古老的魔法组织的守卫也一般般啦……她仅凭着自己的第六感就找到了入口。

扑通！

痛，她只感觉自己的屁股快要摔裂开了。

谁告诉她"渡鸦会"的门是用爬墙的方式进来的？

可是……

夏薇薇快要尖叫出来了——眼前一片金黄的圣光之下，红色的羊毛地毯蔓延开去；中世纪特有的黄金烛台上，粗壮的蜡烛燃烧着；满是褶皱、奢华厚重的窗帘旁挂着一排排精致的室内灯；吊在天花板上璀璨的水晶灯明亮耀眼，宛若星辰……

夏薇薇抬头看穹顶上绘着的曼妙画面，不知道是哪位心灵手巧的画家绘的图，上面穿着魔法袍的魔法师在人间布施祥瑞，还可以看到邪恶的女巫一脸愠色地对抗光明……还有一片片美丽的彩虹云，上面许多可爱的安琪儿在嬉笑跳舞，再往后看去，突然彩虹云不见了，彩绘的图画变得杂乱，似乎正在记录一场战斗……不想再看下去了，夏薇薇揉揉发僵的脖颈，闭了一下眼睛，那上面画着什么她根本看不懂……

休息了一下，夏薇薇向着屋子前方打量，一排排木制的大书架上面摆着古老又神秘的魔法书。侧耳倾听，似乎还可以听到书里神奇的低语……太奇妙了。

夏薇薇的眼睛跟着放光，无法抵抗眼前奢华的图景。咦？这里怎么还有一个人……

她的心咯噔一下……

对面站着一个也穿着夜行衣的家伙！

黑色的衣装更加衬托出他肌肤的雪白晶莹，粉红的脸蛋上透着兴奋，不过在遇到夏薇薇的眼神的时候，他的眼神也突然变得有些惊讶。此时他正与夏薇薇四目相对，长而密的睫毛下，一双泉水一般的眸子清明透亮，微微有些失神，娇俏的鼻尖上布了一层细汗，在金色的光辉下莹莹闪光，如同天鹅颈的脖子周围环绕着浓黑的发丝……

唉……那个家伙，明明就是她自己！

原来大厅对面的整整一堵墙都是用黄金打磨出来的，像镜子一般清晰地投射出她的影子。

铃铃铃——身上的手机突然响了起来，打破了四周的沉寂。夏薇薇吓了一跳，看到是达文西打来的，她急忙挂断了，也就是代表着她一切都好。

嗖的一下，夏薇薇感觉身后突然来了一阵莫名的冷气，像是一股急切要冲撞过来的力量压迫着空气的气流。屋子里的烛火一下子向前倾斜……

噗噗几声过后，竟然全部熄灭了。

"啊——"夏薇薇的心猛地颤抖，下意识地迅速扭过头，对面的镜子突然暗沉一片，似乎涌动着什么可怕的力量，这力量即将要破镜而出……

"轰隆""轰隆"的声音在大厅里爆炸开来，四周布满红光。

夏薇薇惊恐地抓住腰上的手机，摸索到了"2"的位置，按了下去……

一向奉行逃跑为上策的她，双脚似乎被钉在了地上，一步也挪动不得。夏薇薇心里猛地一惊,难道刚刚的那个镜子就是传说中的"定魂术",一旦被照到镜子里,就无法再移开一步……

一对扑闪的五彩鸟翼在她眼前逐渐放大,那是"彩虹之穹"的守护神兽——彩翼鸟,据说在她还没出生的时候,这种神兽就在一次大规模的宫廷战斗中绝迹了。可是现在她甚至可以清晰地看到巨大的彩翼鸟身上的每一根羽毛。彩翼鸟身上,一个高大伟岸的男子驾驭着它,他的黑发在猎猎风中肆意飞扬,手里黑色的魔法棒直指地面上的一片火海,可是他的脸……竟然跟植安奎一模一样……

植安奎这家伙,在这里干什么?

夏薇薇的心跳得扑通扑通的。

眼前的画面竟然比看 3D 电影还要真实!

"以彩虹国皇室的名义——守护!"彩翼鸟上的男子大呼,前方汹涌逼近的队伍突然崩裂开来……无数碎片击打在夏薇薇身上,好痛,她的脑子一阵眩晕,仿佛全世界都是金色的星星沙……

这个魔法咒语她似乎在哪里听过……

夜色宁静,草丛里的绿色荧光纷飞。达文西丝毫不顾形象地一边驱赶不断来袭的蚊子,一边对着电话焦急地呼喊夏薇薇的名字,可是那边一点动静都没有……一定是出了什么事情……

这个小女孩可是在演艺之路上会有很大发展的明日之星,如果被公司知道他带着"摇钱树"乱跑,耽误了接下来的通告,他可是会吃不了兜着走的呀!

达文西急得脑门上冒出了很多汗,但是面前的古堡太奇怪了,没有门卫,没有保安,连门窗都没有,他根本进不去。

对了,拜托来找夏薇薇的那个顶级魔术师——植安奎,他会有办法吧?

达文西毫不犹豫地踩上油门,车子如同绷紧的弓箭,飞驰出去。

猫梨七号里安静得可怕,植安奎气呼呼地盯着爷爷遗留下来的地图。

从"渡鸦会"回来之后,他一直在怀疑自己的价值,更加让他没有想到的是,那个为首的魔法长老竟然坚持要他找到一只流浪的黑猫!植安奎这个臭屁的家伙,一向自诩为世界顶级的天才少年魔术师,怎么可能接受这种"大材小用"的安排?

令他更加气愤的是,他的另一个对手竟然比他还会迟到……哼哼……摩卡拉邀请他留在"渡鸦会",一起等着另一个受邀者的大驾光临……哼,他才不要等呢!那个人真是没有魔法师的良好品质!

当然,我们的男主角已经忘记了自己也是迟到的一分子,不过,一向自负的他可以很容易原谅自己的小错误……暂且忽略不计了……但是另一个人迟到就太不像话了!

"植少爷,植少爷,顶级魔法师,天才少年!"门外传来了一个男人杀猪一般的号叫,正是语无伦次的达文西,"请你务必快去解救夏薇薇小姐,她被困在了什么乌鸦会,一直没有从里面出来——请你一定要大人不记小人过,把她安全地带回来……呜呜……"

乌鸦会?什么乱七八糟的!咦,难道是"渡鸦会"?

搞什么鬼?那个丫头……难道真的不知死活只身去闯"渡鸦会"了?

她的大脑里到底装的什么东西?!

等等,难道她是"渡鸦会"的另一个受邀者?

什么嘛！她连"幻之光芒"的参赛资格都不具备……还有那三脚猫的蹩脚魔法……但是受到邀请怎么会被困在里面……还是不要想了！

"哇——植少爷如果不去救人的话……呜呜……夏薇薇就真的出不来了呀……"

达文西擦掉满脸的泪水，拼命地拍打着猫梨七号破旧的铁门……咣当一声，达文西伴着铁门一起摔倒在地上……好痛……

当达文西抬起头时，屋子里已经不见了植安奎的影子！

"植少爷呢？他不是应该坐上本人的加长的凯迪拉克一起去救小夏薇薇吗？偶像剧里不都是这么演的吗？咦，人呢？人去哪里了呢？"达文西捂着受伤的额头说。

夏薇薇那个笨蛋不会有事吧？植安奎心急火燎地按照第一次的方法潜入了"渡鸦会"——强大的魔法气息灼烧着他的身体，没有邀请函还真是辛苦呢。

"渡鸦会"的金色大厅里，夏薇薇浑身无力地趴在地板上，她头痛得厉害，隐约中她看见了小时候住的彩虹之穹，不过城堡上的红油漆似乎比她记忆里的颜色更加鲜艳一些，阁楼里的摇摇椅上坐着一个穿着华丽的宫廷装的女子，她的面庞十分温柔，慈爱的眼睛盯着怀里的一个牙牙学语的小婴儿……旁边是她再也熟悉不过的用彩虹编织的摇篮……她也是在那个摇篮中长大的……她妈妈一定也跟那个女子一样，充满爱心地看着自己的宝贝。

哎，夏薇薇的眼睛湿润了，她想妈妈了！

可是画面破碎，原本湛蓝的天空燃烧起熊熊烈火……一直蔓延到了小阁楼里，画面中的贵妇焦急地护住怀里的孩子，对着天空祷告……突然，那个长相酷似植安奎的男子驾驭着彩翼鸟停在女子窗前……从女子手里接过婴儿……

夏薇薇可以清晰地看到那女子眼中的泪珠，打湿了她的睫毛……

还有那个男子，眼神深邃地盯着女子，那种感觉很像一对恋人……

"女人，你在哪里？"

"夏薇薇！赶紧给我出来……"

……

隐约中，夏薇薇似乎听到了有人叫她，可是她好累，身上一点力气都没有了，意识一点点消失……

该死，那个女人会在哪里！

植安奎游离在巨大的"渡鸦会"大厅里，奇怪的是，大厅内的构造跟他上次见到的完全不一样，害得他一点头绪都没有。

吱呀一声，穹顶上突然破开了一个小小的天窗，盈盈的月光透进来，给大厅染上了清冷的蓝，一把简陋的金色扶梯缓缓地探出来，一直蔓延到植安奎脚下。

植安奎犹豫了一下，沿着楼梯向着天井爬去，他俊逸的脸上表情似乎要冻住，满心想的都是夏薇薇的安危。

眼前是一间温馨的小阁楼，靠墙摆着一个精致的书架，泛黄的书页旁甚至还有一把安乐椅，爱心形的靠背上金色的流苏颤抖着，似乎有人刚刚从椅子上离开，椅子还没来得及稳下来……他可以想象到月夜里在这么温馨舒适的小阁楼里借着月光看书到睡着是一件多么惬意的事情。

突然，水波一般的光辉在小阁楼里弥漫开来，里面强大的魔力让人震惊……

植安奎循着源头看去，只见一个女子软趴趴地躺在墙角处，苍白的脸上眼睛紧闭着，泼墨般的发丝蔓延开来——夏薇薇！

植安奎连忙赶过去，单膝跪在她身旁，发抖的手指在夏薇薇鼻下停顿了一秒钟，接着像是松了一口气一般跌坐在她身边。月光下，他额前错落的刘海挡住了眼睛，看不真切他的表情，只听见一声低叹："笨蛋！刚刚……我以为你死掉了……还好你只是睡着了。"

静悄悄的阁楼，窗外飞进来一群凑热闹的萤火虫，凝聚成一片闪烁的光影，贴到墙上，渐渐的，一张精美的画像在墙上逐渐显现。

植安奎皱起眉梢，起身去看，整个人不由得一愣，那上面竟然是他和夏薇薇身着华丽宫廷装的合影……

这是怎么回事？

他更加认真地审视照片，画面已经泛黄，似乎已经经历了多年的时光。

奇怪，自己和夏薇薇什么时候拍过这样的合影？而且，照片还这么旧！最奇怪的是，还挂在"渡鸦会"里？

怎么会如此巧合？他怎么完全没有印象？还穿着那种夸张的衣服……

难道冥冥之中他和夏薇薇之间有什么联系吗？这个女孩子的身世越发神秘了。而自己一直要找的那个真相，会不会，也和她有关？

丁零——丁零——

电话铃声打破了阁楼的静谧，早已赶到古堡外面的达文西已经等得不耐烦了，他虔诚地对着月光，已经数了不知道第几个九百九十九下，祈祷夏薇薇平安……

大明星的荆棘之路

"哇，果然是顶级魔术师！太帅了！"达文西开心地大呼小叫，远远地看着从"渡鸦会"里出来的朦胧人影。

植安奎裹着黑色的魔法袍，横抱着夏薇薇，浑身散发出危险刚过的气息。

"小夏薇薇今天住公司还是回家去？"达文西凑在冰冷似铁的植安奎身边，探看着夏薇薇的小脸。

哎哟……一定是累坏了，睡得好沉！

"我带她回猫梨七号，你先回公司吧。"植安奎的声音像是从冰窖里发出来的，朦胧的夜色中，他深邃的眼底隐藏着一丝不易察觉的复杂神色。

"好，那拜托你好好照顾我们的小夏薇薇……呜……"

"拜托，身为男人你不要总是哭哭啼啼的！"植安奎白了达文西一眼，猛地挥动魔法袍，一瞬间，身子隐没在风里。

"该死！"站在猫梨七号的门前，植安奎暗自骂道，怎么走了一会儿，家里的门就掉了……他一边抱着夏薇薇进屋一边勾了勾指头，门在他身后自动恢复到了原样。

植安奎把夏薇薇放到客厅的沙发上，顺手给她盖上了毯子，睡梦中的夏薇薇很满足地拉起被角，脸庞恰好对上了植安奎垂下的眼眸。

他下意识地打量她熟睡的脸，还是那张红扑扑的像苹果的脸。这个家伙赌气出走了这么久，可是模样和脾气一点都没有变啊！

但是今天晚上的事情好奇怪，她昏倒之前到底看到了什么？而且，那张奇怪的宫廷合照……好乱……植安奎摇摇乱成一团的脑袋，心里咯噔一下，为什么他今晚带夏薇薇出来的时候，没有遇到"渡鸦会"的丝毫阻碍呢？除非是有人故意放他们出来，否则毫发无伤实在是太诡异了……

"为什么你会跟植安奎那个大魔头长得一样呢？"夏薇薇一声低低的呓语打破了屋子的寂静。

"什么大魔头？你在说什么？"植安奎气呼呼地扭过头，真没想到她在梦里都会骂他！

"那个骑着彩翼鸟的皇室首席大魔法师……他带走了那个孩子……"夏薇薇喃喃地回答，小脸似乎极为痛苦地皱成一团，不过话一说完，她似乎轻松了，眉梢舒展开来，再次进入了梦乡。

难道说……她真的在"渡鸦会"看到了什么？皇室首席大魔法师……

植安奎的眼底闪过一丝光亮，看来夏薇薇身上有着他不知道的秘密……他一定要调查清楚。因为，现在他可以肯定，这个秘密与他自己要探究的那个真相，一定有着千丝万缕的联系。

清晨的阳光照进屋子，可以看见空气中细细的灰尘在翻滚。
"呃……"夏薇薇终于忍住尖叫，低低地呼出一口气。她小心翼翼地盯着伏在沙发上的脸庞，大理石一般的额头，上面的刘海凌乱又不驯，精致的五官，因为熟睡，他安静得像个孩子……
呼……没有想到植大少爷也有这样无害的时候，夏薇薇轻手轻脚地爬下沙发，尽量不打搅到植安奎。

头好痛，夏薇薇对着镜子刷牙，懊恼地按按太阳穴，昨天她不是跟达文西一起去"渡鸦会"了吗？到底发生了什么？现在她怎么什么都想不起来了……可是照今天早上的情况推断，难道是植安奎把她带回来的？想到这里，夏薇薇的脸有些发烫，看来他也没那么讨人厌。

"你知道昨天晚上你有多重吗？"镜子里突然冒出一个男子的脸，他正拿着牙刷，机械地一下又一下地刷牙。

"啊——"夏薇薇对着镜子尖叫了一声，接着扭过头瞪着植安奎，"干吗突然出现在别人身后，很吓人的！"

"我才没有兴趣做那种事情，只是达文西让我转告你，今天你有新的通告，据说是某个小成本电影的客串，他要你收拾好后就去公司……"植安奎咕咕地漱口，语调波澜不惊。

"真的吗？我真的可以拍电影了！哇，真的好棒！"夏薇薇开心死了，身为名不见经传的新人，她没有想到竟然这么快就收到了电影邀约。

"……先不要高兴太早，希望你拍戏的时候不要被为难哭了……"植安奎斜着眼睛瞅了夏薇薇一眼，原来一件小事都可以让她这么开心，不过他心头还是一阵隐忧，他顿了一下，"昨天晚上的事情,你还记得吗?"

"呼……似乎什么都记不得了……我要去公司了!"夏薇薇根本没有考虑植安奎的话,心里还在琢磨着今天怎么好好拍戏。

"我送你过去?"植安奎哼了一声,建议道。

"不用了,我打车过去就好。"夏薇薇感激地看了一眼植安奎,乐呵呵地向着门口奔去。哎,她当然很想让帅气又出名的大魔术师植安奎送她去片场,但是想到有制造绯闻的嫌疑,她就果断拒绝了。虽然达文西多次怂恿她利用植安奎的资源制造出名的契机,但是夏薇薇还是想要用自己的实力证明一切。

夏薇薇刚刚走出巷子口,就看见达文西的凯迪拉克停在街边,似乎正在等她。

"小夏薇薇,快进来,先背下剧本,本来以为申请加入这个剧组没什么希望,没有想到导演看了你上次拍的那条广告之后很看好你,临时把演员换成了你,夏薇薇,你好棒!"达文西先是上下打量了一番她,确定她完好无缺之后,急切地拉着她向车子奔去。

"谢谢你。"夏薇薇攥着薄薄的剧本,心里很充实。看来有付出就会有收获的。

半个小时后,夏薇薇和达文西到了临时搭建的片场,剧组的人十分忙碌,根本无暇理会他们。

"哇,那个是……"夏薇薇不由得掩住嘴巴,临时搭建的化妆间里,当红影星朴秀琳正在补妆,黑色的波浪大卷发披在她曲线优美的肩膀上,牛奶般细滑的肌肤在阳光下闪着晶莹的光泽,凹凸有致的身材……很早以前就知道她是许多男孩子崇拜的女神,今天有幸看到她,夏薇薇只觉得她太美了!

"好了啦，你今天就是要跟朴秀琳搭戏，不过听说她比较容易不耐烦，小夏薇薇，你演戏的时候一定要好好表现，跟前辈相处也要有分寸。"达文西拍拍她的肩膀，小声叮嘱。

"嗯，我会注意的。"夏薇薇冲着达文西开心地笑笑，镜头里的朴秀琳温柔漂亮，有时候又性感俏丽，简直就是百变的全才艺人，她喜欢她很久了，达文西怎么可以这样说她呢？哎，他多虑了。"不过，你很守信用，嘿，果然介绍我们认识。"

导演喊了开始，夏薇薇早已准备好服装，她客串一个咖啡店的贴心服务员，戏份是在餐桌的西点里放上求婚戒指，然后送到女主角面前。

夏薇薇觉得心扑通扑通直跳，看到导演跟她做手势，她连忙端起刚刚做好的草莓冰激凌，尽量不发出任何声音地向着餐桌走去。

"请您享用……"夏薇薇半蹲下身子，满心崇拜地把餐盘放到桌子上，可是不知道为什么，她的手臂猛地颤抖了一下，像是被谁设计了，她绝对端得好好的，可是草莓冰激凌全部撒到了朴秀琳的白色丝质长裙上。

"喂，臭丫头，你在干什么啊！是来捣乱的吗？"原本十分优雅落落大方的朴秀琳腾地一下站直身子，咄咄逼人地盯着夏薇薇。

"对不起，对不起，我不知道……"夏薇薇连忙抽出纸巾帮她擦拭身上的污渍，手忙脚乱，不知如何是好。

"拿开你的手啊，都已经脏成这个样子了！真是触霉头！"朴秀琳很不客气地推开夏薇薇的手。

夏薇薇低下头，眼泪都快掉下来了，她本来还想跟大明星探讨一下学习演戏的心得，没有想到被骂得这么惨，可是她始终感觉朴秀琳怪怪的，她的眼睛一直盯着自己，似乎别有一番意味。

"你叫……夏什么……你是怎么做事的？我看你还是不要再拍了，这套衣服值多少钱你知道吗？端一杯冰激凌你都端不好，你还会做什么？！"导演气得直拍桌子，拧紧的浓眉下，一双眼睛似乎在冒火。

"对不起，对不起啊，给我一分钟时间。"达文西从人群中挤进来，对着导演解释，拉着夏薇薇发抖的手臂，向着门口的方向走去。

"小夏薇薇，别哭了。"达文西给她递纸巾。

"不是……只是突然被骂感觉好难过……"夏薇薇抽搭搭地落眼泪，觉得自己好没用。

"失败不可怕，重要的是要不要再试一次。没有任何演员是一次就可以拍好的，你需要锻炼，慢慢地就好了。我觉得你已经很有进步了哟。"达文西安慰道。但是因为他一贯滑稽的口气，这些安慰听起来感觉好怪。

"达文西，你真的觉得我可以吗？"夏薇薇抬起头，认真地问。

"当然啦，我超级相信你。"达文西露出了一个夸张的笑容，竖起了大拇指。

夏薇薇被他逗得破涕为笑："不过屋子里的那个很生气的导演似乎要给我吃点苦头了。"她耸耸肩，深吸一口气向着片场走去。

等到她再次返回片场的时候，出人意料的是，大家都对她很客气，除了站在窗前生闷气的朴秀琳，包括导演都很热情的样子。

夏薇薇疑惑地看了一眼达文西，怎么回事？

可是达文西也是一脸茫然。

突然，咖啡厅的玻璃橱窗外面映出一群高大的黑色影子，黑色的墨镜和耳麦……黑色的西装……今天是"黑衣人"降落到地球的日子？不对不对，难道是他来了？

"夏小姐，好久不见。"背后响起了一声久违的招呼，不慢不惊的声调，温柔的气息。

夏薇薇猛地扭过头，咖啡厅流金的光影中，林沐夏靠近柜台站立，皓月般的脸颊上，眼睛温柔地眯起，正冲着她微笑。

"对呀，夏小姐，为什么不早告诉我们你和林少爷是朋友呢，哎呀呀，托你的福，我们可以无限期免费使用这个拍摄场地，我们会加油拍摄的！"导演很世俗地夸奖夏薇薇，接着走到朴秀琳身边，赔着笑劝慰她。

"你怎么会在这里？好久没有看见你了！"夏薇薇没有理会让人不悦的导演，直奔林沐夏身边，心里暖暖的。

"乔森告诉我你在这里拍摄，我刚好路过，就来看看你。"林沐夏低垂的眼眸透着一丝羞赧，温柔地笑笑，"刚刚我干预了一下你的拍摄，你不会怪我吧？"

"不会不会，我谢谢你还来不及呢！"夏薇薇连忙回应，"不过现在我要去工作，结束了以后我请你吃好吃的。"

"嗯，好啊。"林沐夏点头致意。

尽管接下来的拍摄并不轻松，当红明星朴秀琳确实容易不耐烦，她总是对夏薇薇大呼小叫的，把坐在一旁的林沐夏惊得目瞪口呆，可是他并没有干涉。

或者她这样选择也有自己的道理吧？林沐夏可以从夏薇薇的眼睛里看到一种异样的光彩，就像是小树成长时候经历无情的风雨，然后更加坚强茁壮！

而且他深深地感觉到，认真工作的夏薇薇要比过去那个大大咧咧、稀里糊涂的她更加美丽动人。

……

夏薇薇的工作总算完成了，虽然只是简单的客串，可是她还是感到腰酸背痛，不过看到坐在不远处的林沐夏，心里再多的不愉快也释然了。

"走吧，为了谢谢你今天来探班，我请你吃好吃的哟！"夏薇薇笑眯眯地看着林沐夏。

"那么，我是不是要请他们都先回避？"林沐夏也冲夏薇薇眨了眨眼睛，指了指整整齐齐站在身后的两排"黑衣人"。

"不用，"夏薇薇露出一个更加甜美的微笑，打了个响指，"因为我也要带个跟班，我们扯平啦！达文西，走，我请你和林少爷去吃本市那家最最最好吃的银丝拉面！"

第7章
渡鸦会

● 彩虹之穹的继承者
● 守护者印记：再现

【出场人物】
夏薇薇，林沐夏，植安奎，达文西，
朴秀琳，娱乐八卦记者

【特别道具】
皇室密文

彩虹之穹的继承者

"这个是我做的西点，请品尝。"林沐夏像是变戏法一般，从随身携带的粉色爱心盒子里取出一份精致的西点，轻放在夏薇薇面前，"上次探你的班时承蒙款待，你带我去的那家银丝拉面馆真是很不错！这一款法国巧克力慕斯，希望你喜欢。"

"哇！"夏薇薇双眼冒星星地盯着眼前莹润、精巧的点心，香甜的滋味刺激着她的味蕾。纯净光鲜的水果，点心全是原装进口的：昂贵的法国进口天然乳脂，稀有的马达加斯加原产地香草豆荚，比利时原装纯正可可脂巧克力……

夏薇薇优雅地用小勺子把甜点送到口中，那种细腻精致的口感，啊，入口即化，香味在口腔里萦绕不散……果然是正宗的味道！

"喜欢吗？"林沐夏微笑着问。

"嗯！味道很棒，简直跟世界级的美食家的手艺不相上下。"夏薇薇开心地回答，随即她的脸色暗淡下来。

"怎么了？"林沐夏抓住了她一闪即逝的表情。

"没有，我只是想到当初也想做一份点心给你……不过……哎，总之出了点意外就没有做成。"夏薇薇叹了一口气，突然想起植安奎那个大魔头大快朵颐地吃掉她做的蛋糕的场景。

"没有关系，你的好意我心领了。"林沐夏看着她苦恼的样子，不由得嘴角上弯。

虽然被植安奎破坏掉了自己的"蛋糕计划"，但却莫名其妙地收到了"幻之光芒"终极对决的请柬，也就是在那个晚上，她只身前往了"渡鸦会"的总部……后来发生了什么，她的大脑就有些混乱了……

"以后有机会我一定要回请你。"眼神放空了一小会儿的夏薇薇意识到自己的失礼，赶紧很礼貌地回应林沐夏。她看看四周，却始终找不到乔森的影子，不由得十分疑惑："乔森没有来吗？"

"他现在是你们蝶世纪公司的签约艺人，会比较忙。所以我让他自由支配自己的时间。"林沐夏解释着，亚麻色的发梢轻轻摇摆，他招来服务员叫了两杯红茶，接着看了夏薇薇一眼，"乔森到时候会跟朴秀琳小姐合作，拍摄一部新片，据说是根据一个传奇唯美的故事改编的。到时候希望你可以加盟。"

"好啊，我好久没见乔森了……"夏薇薇低下头，虽然同在一个公司，但是作为新人的她都没有机会见到乔森。"幻之光芒"世界顶级魔术师大赛已经结束了，乔森拿到了世界第三名的好成绩，卢玛尔是第二，第一名当然就是那个大魔头了。乔森以获奖魔术师的身份被蝶世纪公司挖去当了一名艺人；当初她好奇得不得了，就被大魔头轻描淡写地说了一通。卢玛尔现在不知道在哪里，反正夏薇薇也不是很喜欢这个人；大魔头呢，还是老样子，在家的时候总会像鬼一样飘来飘去，怪吓人的，而且最近总是半夜不睡觉，研究什么地图来着。

"我最近一直在观察你的表演，觉得很惊讶，没有想到你可以做得那么好。"林沐夏似乎看出了夏薇薇的窘迫，眉眼弯弯地鼓励她。

"谢谢。"夏薇薇有些不好意思，上次在片场被骂的场景全部被林沐夏看到了，真是丢脸，不过获得赞赏还是一件让人开心的事情。

她抬起头，诧异地对上了林沐夏若有所思的眼神，不由得一阵疑惑。

他在想什么呢？

"我可以问你一个问题吗？"林沐夏有些不自然地错开夏薇薇的目光，声音很低。

"怎么了？"夏薇薇放下手里的勺子，她还是第一次看到林沐夏这种表情。

"云端上的那个国度即将爆发一场争端，你是怎么打算的？"林沐夏顿了一下。

"什……什么？什么云端上的国度？什么争端？"夏薇薇结结巴巴地以问作答。

"彩虹之穹的王位继承权之争。"林沐夏一字一顿，声音很轻，但字字都让夏薇薇心跳不已。

"……你……你是说……彩虹之穹吗？你知道我的身份？"夏薇薇吓了一跳，站起身来，桌上的小勺子叮的一声跌落在光滑的地板上。

"对，我只是希望你可以正视自己的身份，而且我们是好朋友,所以我想知道你的想法。"林沐夏被夏薇薇突兀的动作稍微惊了一下,不过马上平复下来,安静地看着她。

"这个我还没有考虑,不过现在我过得很好,而且也不希望改变。"夏薇薇叹息,林沐夏的眼睛里写满了温柔和聆听,可是她真的还没有考虑好接下来的事情。

哎……争夺王位对于目前被封印了魔法力量的夏薇薇来说实在是太具挑战性了!可是,身为彩虹之穹小公主的她,即使身在人间,也终究是躲不过那场争端的。

"那么你现在应该正在寻找'公主的守护者'吧?"林沐夏的眼睛似乎可以看透人心。

"连这个你也知道?"夏薇薇彻底无语了,老爸的保密措施是不是做得太差了。到目前为止,她连守护者的影子都没有看到,倒是自己的一举一动被旁人看得一清二楚。

"每一位彩虹之穹的公主都有一个守护者……"林沐夏微微沉吟,窗外渐沉的夕阳掩映着他的侧脸,看不清他的表情,只听见一声低低的叮咛:"可是成为'公主的守护者'之后就会失去自由,从此之后他就要为所守护的那个人活着……这就是使命……"

难道——林沐夏就是传说中的"公主的守护者"?!夏薇薇不由得睁大眼睛盯着林沐夏,从一开始到现在,每次她遇到麻烦的时候,他都会现身来帮助她!

"那就不要什么守护者了!"夏薇薇紧张地回答。她不要任何人为了她变得不自由,世界上没有什么比自由的生活更加珍贵的事情了。

"我想我明白你的意思了,并且会尽量不打搅你的生活。"林沐夏像是松了一口气,站起身来,对着夏薇薇微微一笑。

他……明白了她的意思吗?

夏薇薇冲着林沐夏尴尬地笑了一下,心里却乱乱的,极为不安,现在连她自己都不知道下一步该怎么办呢!

夏薇薇送别了林沐夏,心里却乱糟糟的。

林沐夏是什么意思?为什么会莫名其妙地问到彩虹之穹的事情呢?不过,林沐夏居然知道自己来自彩虹之穹,这也并不难想到。老爸不是一开始就说了让自己跟随"幻之光芒"吗?从在巴黎机场的偶遇,再到那次从达文西口中得知林氏财团就是"幻之光芒"的赞助者……苦苦寻觅了那么久,原来"公主的守护者"竟然是远在天边近在眼前的他!

可是,林沐夏那若有所思的眼神,让夏薇薇越想越感到不安。林氏财团跟彩虹之穹之间有什么秘密联系?那么"渡鸦会"呢?不会打搅到她的生活又是什么意思?林沐夏手下有着强大的魔法师组织,他们与王位继承权之争有什么关系?

老爸为了让骄傲的小公主夏薇薇早日成熟懂事,曾经委托自己的女巫仆人制造了一个叫作"春町"的幻术时空,蒙蔽了公主的记忆,让她在那里找回真正的自己。现在,她的记忆都找回来了,她也更加懂事和坚强了,却又被老爸封印了魔法力量,丢到了举目无亲的人间……哥哥姐姐们都早已成年,只剩下她还在为了回到彩虹之穹拼命地努力着——哎,命运真是不公平呀!

魔法国度的小公主竟然被丢在了人间,还遇到了植安奎这个自大的房东,为了养活自己去演戏,一不小心就会被导演骂,甚至连温柔的林沐夏都说一些莫名其妙的话……变成守护者的那个人会不自由吗?可是她怎么没有听说呢?

夏薇薇一个人沿着城市的街道走着,四周很喧嚣,可是她不断地在自己的思绪里进进出出,竟然都忘记了自己晃到了哪里。

道路两旁的高楼大厦鳞次栉比，暗影重重，压在她心底的是一层阴霾。

一阵凉风吹过，夏薇薇打了一个喷嚏，脚步停在了一座豪华的酒店门前。她决定去趟洗手间，她要洗洗脸，把乱糟糟的心情抚平。

她无视前台服务人员探寻怀疑的目光，直奔酒店的洗手间。在豪华的洗手间里，夏薇薇看着镜子里有些憔悴的自己，大眼睛下面都有一层黑眼圈了，人看起来也清瘦了许多。

"哎……到底什么时候才会流下晶莹的眼泪……到底要不要找到'公主的守护者'呢？"她对着镜子使劲挤挤眼睛，这样子是不是可以把眼泪逼出来？

"你……怎么会在这里？！"身后响起一声无比震惊的男声！

夏薇薇吓了一跳，整个人都要跳起来了，这不是女厕所吗？怎么会有男孩子的声音？而且这种咆哮的语调还很耳熟？

洗手间的镜子里，植安奎棱角分明的脸庞清晰地映在她眼前，他惊讶的眼神盯着她，嘴上的口型分明在说："这里是男厕所，你到底在想什么？还有眼睛那么红，是被施了变兔子的魔法吗？"

"啊——"夏薇薇总算意识到了自己迷迷糊糊地跑到了男卫生间，连忙捂住通红的脸颊，尖叫一声，慌不择路地向着门外奔去。

夕阳给天边镀上了一层温暖的橙红，夏薇薇耷拉着小脑袋，毛茸茸的头顶也显得无精打采的，身边的一抹颀长的影子紧紧跟着她。

挺直、自信的身板，修长的手臂插到裤子口袋里，植安奎跟蔫蔫的夏薇薇形成了鲜明对比。

"好了啦，我又不会说出去……打起精神啦。"植安奎忍住心头的爆笑，安慰夏薇薇，可是嘴角还是忍不住抽动，"也真是太巧了，你怎么会跑到这个酒店？我今天刚刚回来南道市，在那里休息。"

"你要想笑就笑吧，不用强忍着。"夏薇薇快哭了，她发誓这是她人生中最糟的一次。

"其实还好啦，我们可以聊点别的，这样子你会感觉好点。"夏薇薇不知道在这种心情下，她能说出些什么。

"最近你跟林沐夏走得很近吗？"植安奎微微叹息。

"他有点奇怪，不过到目前为止我们不过在一起吃过三次饭。"夏薇薇吐吐舌头，哎，温柔沐，连奇怪起来都那么神秘可爱。

"你最好不要跟他走得太近，他身后有股神秘力量，让人不安心。"

"不会啦，我们是好朋友。他不会伤害我的。"夏薇薇嘴上这么说，可是心里却一点把握都没有。

"你还记得上次你潜入'渡鸦会'发生的事情吗？"植安奎突然敛去了脸上的笑容，变得十分严肃。

夏薇薇心头一惊，可是她对那个晚上的记忆还是混乱不堪，要从何说起呢？

"你认识这张照片上的人吗？"植安奎停下脚步，从口袋里掏出手机给她看。

"她……她是那个抱婴儿的贵妇！而他……就是那个骑着彩翼鸟的魔法师！"夏薇薇惊讶地盯着手机里的照片，那一晚在"渡鸦会"看到的幻象此时格外清晰，照片里的女子跟她长得很像，可又能看出她们不是同一个人……而且这种宫廷装扮，很明显是彩虹之穹的皇室御用裁缝定制的！她抬起头看着同样震惊的植安奎大叫:"我完全记起来了!"

"这是我情急之下用手机拍下的照片,它原本是挂在'渡鸦会'墙上的一幅画……刚刚开始我以为是……算了,我后来发现照片上的日期竟然是四十三年前,而那个时候我们都还没有出生。"植安奎本来想说的以为照片上的人是他们自己,想到有可能被夏薇薇鄙视,就忍住了,可是还是被她的话惊讶得不得了。

"你看这里!"夏薇薇把照片放大,指着照片下的一行古老奇怪的小字,喃喃地念着:"情景魔术、黑色魔术、卡通魔术、飞行魔术、大型幻术……魔术师什么都会变,除了……心。"

"你怎么会认得这些?"植安奎俯下身子,那些文字看起来就像张牙舞爪的蝌蚪,可是夏薇薇怎么会认识这些古老又神秘的文字呢?

"当然认得,这个是皇室……"夏薇薇愣了一下,"密文"两字硬生生地哽在了喉咙里,意识到她的身份知道的人越少越好,她连忙支吾着,"我从前的一位老师教过我一点点,所以勉强认识。"

"哼!有什么了不起的,不就是认得几个长得跟蝌蚪差不多的字嘛。"植安奎不满地哼哼鼻子,大步流星地向着回家的路的方向奔去。

嘶……夏薇薇不由得倒吸一口凉气,刚刚植安奎从她身边走过的时候竟然带着一股冷气,冻得她直哆嗦。

真是讨厌的大魔头,不知道对她用了什么魔法!

可是她似乎没有感觉到魔法的气息……那就是魔术了!夏薇薇噘噘嘴,急忙跟上植安奎的脚步。

守护者印记：再现

猫梨七号的屋子里，植安奎一脸沉思状，漆黑的眸子时不时地扫过夏薇薇，怀疑的目光让她感到无所适从。

夏薇薇在客厅里只觉得尴尬，她想了一下，干脆回到楼上自己的小房间里去，眼不见心为静。

到底要不要告诉他呢？关于她的身份和使命。

夏薇薇苦恼地想了又想，最后叹了一口气，用被子捂住脸庞，不知不觉中竟然睡着了。

丁零——丁零——手机响了起来，夏薇薇迷迷糊糊地坐直身子，看了一眼窗外，天已经黑了，黛色的天幕上挂着一弯新月……手机铃继续响个不停。夏薇薇这才意识到，连忙按了接听键。

"夏薇薇，今晚我们为'幻之光芒'的参赛者们举办了一场庆功会，我想邀请你参加。礼服已经准备好了，会送到府上。"

电话那边林沐夏温柔的声音缓缓道来，似乎还带着一丝期待。

"好啊，不过我不以魔术师的身份参加宴会没有关系吧？"夏薇薇揉揉眼睛，脑子转了一大圈，原来有舞会呀，真是期待！

"没有关系，我们邀请了很多演艺界的明星，你是受邀者之一。"

"明星？"夏薇薇彻底清醒了，想到宴会上有美味的点心和精致美丽的礼服，她不由得喜上眉梢，"我会参加的，谢谢你的邀请。"

"晚上七点钟，不见不散。"林沐夏的声音带着笑意。

"耶耶耶！"夏薇薇的粉色卧室里传来了一阵阵开心的尖叫，在猫梨七号回响。

咦……林沐夏说有送礼服来呢！

夏薇薇蹑手蹑脚地走下楼，果然发现一楼客厅的桌子上放着一个扎着蝴蝶结的大礼盒，好漂亮！

她忍不住内心的激动，迅速跑到礼盒旁边，缓缓地揭开盒盖，一股曼妙的玫瑰花香弥漫开来……

"哇……拉斯菲尔，你看，好漂亮的裙子！"夏薇薇赞叹不已，拉斯菲尔也摇着尾巴，发出呜呜的声音附和着。

礼盒里铺满了玫瑰花瓣，上面放着一款粉色的小礼服，裙摆下的蕾丝花边透着星星点点的亮片。她把礼服展开来平铺到沙发上，礼服胸前精致的褶皱巧妙地做成V形开口，肩膀上细细的肩带上点缀着红黑相间的蝴蝶结，正合她意。

"时间不早了，你赶紧去换衣服。"身后响起了植安奎干巴巴的声音，"不要对着一条裙子犯花痴。"

"我们一起去？"夏薇薇转过身，原来大魔头也受到了邀请。唉，也是，他是"幻之光芒"大赛的冠军呀……可是……夏薇薇在看到身后的植安奎的时候，不由得呆住了，嘴巴都变成了"O"

型。拉斯菲尔今天仿佛做好了要模仿夏薇薇的准备,也眼神呆呆地看着植安奎,嘴巴张成"O"形。两个家伙站在一起,十分滑稽。

植安奎一改往日的装扮,黑色长袍下,白色的 V 字领衣衫衬托出他平直的肩膀,头上一顶黑色骑士帽子很酷地遮住他浓黑的发,大理石一般光洁的额头,高贵直挺的鼻梁,深潭一般的眼睛熠熠生辉……

"怎么,我穿得很奇怪吗?"植安奎有些不自然地转过身,高挑的身材在光影中显得十分挺拔,侧脸上似乎多了一抹微红。

"没有,我这就去换衣服。"夏薇薇开心地抱着衣服向着卧室奔去。

刚刚植安奎害羞的样子还是蛮可爱的!

……

去宴会的路上,夏薇薇感觉气氛怪怪的,不过她还是忍不住通过车上的后视镜偷看自己,而植安奎却只是侧着脸,不知道他在想什么。

"哇!"夏薇薇刚刚下车,就被眼前奢华美丽的景象惊住了,停车场上停满了来自世界各地的豪车,甚至连人行道上都停满了。

司机直接把车子开到了仅留下的公用车道上,刚刚打开车门,咔咔咔的相机快门声此起彼伏,镁光灯的闪光几乎照亮了夜空。

夏薇薇连眼睛都睁不开了,只能迷迷糊糊窥见一片绚烂的星星沙下,七彩的装饰球一闪一闪地围成一个拱形的门,厚重华美的缎带层层叠叠,各种应时的花朵延展在红毯两旁,悠扬的背景音乐萦绕在耳边,宴会厅里挤满了人,热闹非凡。

"夏薇薇小姐,听说你和植安奎先生一直同居在一起,为什么要对公众隐瞒呢?"一个记者猛然蹿到夏薇薇身边,突然问道。

"……我们……"夏薇薇皱紧眉头,话到了嘴边却说不出来。

"身为演艺界新星,你和朴秀琳小姐的合作愉快吗?据说你们新拍摄的偶像剧收视率最高……"

"植先生,您的下一场魔术秀会安排在哪里呢?世界各地的粉丝们已经迫不及待要观看您的表演了!"

……

耳边叽叽喳喳的全是喋喋不休八卦的记者们,配上刺眼的闪光灯,夏薇薇只觉得晕乎乎的,不知道该怎么回答他们的问题。

"笨蛋,跟着我。"耳边传来了一声叮咛,植安奎把手臂伸到夏薇薇面前,示意她挽住。

夏薇薇愣了一下,此时她被记者们围得水泄不通,连走路都很吃力,多亏了植安奎的胳膊,她感激地看了他一眼,毫不犹豫地抓住他的手臂,在他的带动下走出人群,向着宴会厅门口走去。

呼……夏薇薇重重地呼出一口气,看来当明星还是很辛苦的。

宴会厅里甜滋滋的蛋糕香味四散开来,大气豪华的餐桌上摆满了红酒西点,来来往往的人们个个都与众不同,大厅中有种无法掩饰的魔法气流!

她还没有来得及喘一口气,只感觉一道目光透过人群紧紧地盯着她。

是谁?

喵……

是一声清晰的猫叫,难道是老爸?夏薇薇的心咯噔一下,连忙向四周寻找开去,可是巨大的会场上哪里有什么猫咪的影子……

"你听到了吗？怎么会有猫叫？"站在她身边的植安奎警觉地四下打探。

……

夏薇薇不置可否地看了一眼植安奎，原来不止她一个人听到。看来就算大厅里有猫，也应该不是老爸，可能是不小心潜入会场的野猫。想到这里，夏薇薇释然地笑笑，呼了一口气，向着摆满点心的小桌旁走去。

植安奎看着她娇小的背影，粉色及膝的小礼服把她的身材衬托得刚刚好，俏皮又不失可爱，整个人都异常灵动……不过她除了吃……还会做什么……

正在此时，林沐夏绕过人群，向着夏薇薇的方向走去，微微侧头不知跟夏薇薇说了什么，她就开心地点点头，跟着林沐夏向着大厅中央走去。

"我可以跟你跳支舞吗？"一个十分魅惑的声音在植安奎耳边响起，让他收回了跟随夏薇薇离开的视线。

眼前站着一个穿着缀满紫色水晶长裙的女子，波浪大卷直垂腰际，笑盈盈地看着他，正是大明星朴秀琳。

"久闻植安奎魔术师的大名，今天有幸见面，跟你共舞是我长久以来的心愿。"植安奎刚想拒绝，他不喜欢眼前这位浓妆艳抹的女子，可是朴秀琳已经主动地挽住了他的胳膊，带着他向舞池中央走去。

突然一阵寂静，灯光熄灭。

接着，一首华尔兹舞曲缓缓响起，宴会厅里的灯光忽明忽暗，气氛刚刚好，植安奎抬起眼皮看去，只见舞池中央夏薇薇正和林沐夏共舞，她那曼妙的舞姿像是跃然舞池里的精灵……

"她是彩虹之穹的小公主，夏薇薇……"朴秀琳附在植安奎耳边说，似乎带着一丝不悦。

"……你怎么知道？"植安奎愣了一下，诧异的眸子盯着朴秀琳。

"我有难言之隐，现在完全脱不开身，只希望你们快点完成使命，这样子我就可以解脱了，呜呜……"朴秀琳竟然莫名其妙地呜咽起来，肩膀一颤一颤的，梨花带雨的脸上眼泪滚落下来。

"喂，这位小姐，你不要随便哭啦。"丝毫不懂得怜香惜玉的植安奎只觉得一阵厌恶，却又不知道该怎么推开她。

殊不知，闪烁的相机已经照下了他们的合影。

嗖的一下，窗外，一只黑猫飞身而过，溅碎了窗上的月光。

"你可以帮我在人间找到一只黑色的猫咪吗？我已经有三十多年没有见到它了……呜……""渡鸦会"长老摩卡拉的话突然浮现在植安奎的脑海，难道说，它就是摩卡拉要找的黑猫……

植安奎一把推开朴秀琳的肩膀，迅速走出会场，扫视了一番四周，向着猫咪消失的方向寻去。

舞池中，夏薇薇又一次找到了当公主的感觉，眼前的林沐夏正专注地看着她。他那布满星光的眼睛里，褐色的瞳孔中只有她的脸。旋转的舞步，众星捧月的感觉，还有薄纱一般飞扬的裙摆，真的好开心！

"你上次拍摄的偶像剧很成功，等下我带你认识一些导演和前辈，希望可以帮到你。"林沐夏的额头上浸出一层薄薄的汗，微笑着建议。

"好。"夏薇薇的心飞起到云端，原来林沐夏一直在为她着想。

静谧的小花园里，点点萤火虫在草叶上飞舞，闪着绿色的光芒，一阵蔷薇花香飘来，带着夜的清凉。

植安奎再也找不到黑猫的影子，不由得一阵失落，刚刚准备回到宴会厅，身后一声重重的叹气声止住了他的脚步。

"谁？"植安奎警惕地问，眼睛里闪烁着逼人的光彩。

"是植安奎大人吗？哇！的确是您本人！真的太荣幸了！"达文西突然从树丛里跳出来，一身狼狈，头上沾满了草叶。这个怪人，不仅打扮奇怪，对人的称呼也奇怪，而且还经常变化，让人搞不清楚他到底给自己冠上了什么头衔。

"你怎么半夜躲在这里吓唬人……"植安奎瞪了他一眼，一直以来他都感觉达文西疯疯癫癫的。

"我在思考，真是讨厌，一只野猫从我的头上跳过去，打乱了我的思路。"达文西恨恨地指着草丛。

"哦，那你思考什么？"顺着达文西手指的方向看去，植安奎发现那里果然有一只猫！

"思考小夏薇薇的事，我发现了一个很严重的问题，"达文西叹了一口气，蹲下身子，摆出了一个思想者的姿势，"我看得出夏薇薇的演戏事业上遇到了无法克服的瓶颈。"

"你有话就说完，干吗只说一半。"植安奎没好气地看了一眼达文西。

"可能连她自己都没有意识到，她对于一些感情戏无法很好地把握，也就是说——真情流露不够，不知道她什么时候可以突破，我真的很苦恼。"达文西掩住脸，一副垂头丧气的样子。

"你是她的经纪人，这是你的事。"大魔王无情地说。

"对，所以我想拜托你。请你帮我一个忙，就是……"

"不要！"植安奎打断达文西的话，转身就要走。

"赠人玫瑰，手有余香。"达文西在他身后大声说道，"而且她马上要接一部戏——彩虹之穹的传说，所以我希望你多多鼓励她，让她更加融入真情。"

"我凭什么要帮助那个笨蛋做这些事情？"植安奎嘴上不服，他才不想管夏薇薇的事情……可是彩虹之穹……

"她是彩虹之穹的小公主，夏薇薇……"朴秀琳的话敲击着他杂乱的思绪。

植安奎怔了一下，那张神秘的地图不就是——彩虹之穹吗？

"沉默就是同意，我先走了，你一定要记得帮夏薇薇呀——呼呼呼——哦耶！"伴随着车子启动的声音，达文西从车里探出半个脑袋，脸上是得逞的笑容，呱呱叫着，一溜烟就不见了人影。

脸皮还真是够厚的！

植安奎哼了一声，向着舞池走去。

一首舞曲刚刚放完，只见夏薇薇脸蛋红扑扑的，满眼星光地仰视着林沐夏，四周的获奖魔术师们表演着绚烂的魔术，晶莹剔透的酒液燃起了蓝色的火光，焰火一般燃烧起来，大家都跟着欢呼起来。火光绚烂，照得夏薇薇的小脸红扑扑的！

哼，哪里会感情不丰富，宴会上属她笑得最没心没肺了！

植安奎不满地哼哼鼻子，有些不情愿地向着夏薇薇走去。

唔……植安奎刚刚走到夏薇薇身侧，手臂上突然一阵灼痛，似乎是火星掉到了他的手臂上一般，他连忙掸了几下，可是胳膊上什么都没有，真是奇怪！

原本一脸兴奋的夏薇薇突然觉得一阵寒气逼了过来，不由得打了一个哆嗦，下意识地扭过头看，只见植安奎一脸疑惑地站在她身后。

哼——夏薇薇瞪了他一眼，一定又是他在搞鬼！

"你干吗这样看我？"植安奎被她看得心里发毛，他哪里惹到她了!

夏薇薇偏偏不理他。

哗的一声,突然灯光齐亮,灿若白昼,原本嘈杂的人群不约而同地惊呼。

"Ladies and gentlemen!欢迎你们光临今晚的宴会,今天我们要宣布'幻之光芒'终极对决的人选……"主持人高调的声音突然停了下来。

大家屏住呼吸,想要知道最终结果。

"这是一场世界顶级的魔术师植安奎和……神秘魔术师的决斗!"

"什么嘛?怎么到现在都不宣布入选人是谁……真是的!"

"对呀,'幻之光芒'这次关子卖大了!"

宴会厅里到处都是不满的声音,大家觉得扫兴,纷纷离席而去,大厅一下子变得冷清起来。

"夏薇薇……你还记得我吗?"人烟寥寥的大厅里突然响起了一个苍老诡异的声音。

夏薇薇吓了一跳,这个声音……不就是彩虹之穹的那位大婶,爸爸的女巫仆人吗?

她在哪里?

她为什么也出现在与"幻之光芒"有关的场合?

想到爸爸说过的那句"跟随'幻之光芒',那个能让你流出最晶莹的眼泪的人,就是'公主的守护者'",夏薇薇感到,自己离真相又近了一步!

第8章
皇室封印

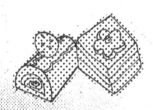
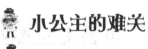

- 小公主的难关
- 最后的演出

【出场人物】
夏薇薇，女巫大婶，达文西，植安奎，
林沐夏，赤力格，朴秀琳，乔森

【特别道具】
别有用心的台本

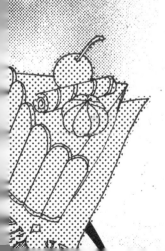

小公主的难关

夏薇薇急忙退出大厅,寻找女巫大婶,哎哎哎,日夜盼望的大婶竟然现在才冒出来,真是龟速呀!

果然,花坛的玻璃喷泉旁边立着一抹苍老佝偻的背影……黑色的女巫帽软趴趴地落在她的右肩上,看起来狼狈极了。

"大婶,你又在这里故弄玄虚,为什么现在才冒出来?"夏薇薇一点都不害怕地问。

大婶听到了她的声音,干瘦的肩膀缩了一下,缓缓扭过头来。

呃……

一片瑰丽的星星沙拂过,风中弥漫着煦煦的暖香。

传说中的华丽蜕变!

眼前老婆婆的身影缓缓拉长,黑色的女巫袍变成了缀满紫水晶的长裙，皱巴巴的脸蛋突然明艳动人，花白的头发变成了波浪大卷，弥漫开来。

"大……大婶，"夏薇薇瞠目结舌地盯着眼前的超级大美女，结结巴巴地说不出话来，变得那么美怎么好意思叫大婶！

女巫这一招也太狠了……难道要她叫她姐姐吗？哼！

"呜呜……哇……笨蛋夏薇薇，你睁大眼睛看看我是谁？"朴秀琳一脸委屈地盯着夏薇薇，用力摇晃身体，金色的星星沙后，她又变成了大婶模样，皱巴巴的大手上魔法扫帚没精打采地耷拉着。

"爸爸把你变成了人间的当红明星哟。"夏薇薇总算明白了，恍然大悟道，手指下意识地托住下巴，一副郑重其事的思考表情。

"连他自己……"女巫大婶显然很生气，但是话憋到嘴边又咽了下去，她没好气地盯着夏薇薇精致的小脸，掉光牙齿的瘪嘴噘了一下，目光低沉又压迫，"其实你就是那个要跟植安奎进行'幻之光芒'终极决斗的神秘魔术师……因为你要进入'渡鸦会'，从而取得那帮老家伙的认可，继承彩虹之穹的王位。"

夏薇薇掏掏耳朵，刚刚没听错吧，大婶在说什么？跟大魔王决斗？天哪！

紧接着，我们的小公主夏薇薇皱起眉毛看了女巫一眼，转过身，一步，两步，三步……向着舞池走去，对呀，谁会把跟植安奎那种大魔王决斗的恐怖活动想到自己身上呢？

"笨蛋！你不要一副事不关己的样子好不好？要不然你怎么会收到'渡鸦会'的金色请柬，你以为凭借你的三脚猫功夫可以闯进'渡鸦会'吗？连我这种资历都不敢轻易尝试啊！"身后的大婶突然咆哮起来，似乎还带着哭腔。

定住!

怪不得上次她没有受到丝毫伤害……原来冥冥中自有安排。

"你知道我烦透现在的身份了,我是女巫,终极目标就是随心所欲地使用魔法,可是如今,虽然年轻漂亮、万人瞩目又怎么样,却无法做自己想做的事情,简直就是一大悲剧……以为美貌和名声是很美妙的事情,到现在才发现那么辛苦……呜……我这把老骨头快要折腾不起了!"大婶意识到自己的话引起了夏薇薇的注意,干脆坐在地上呜呜哇哇地大哭起来。

夏薇薇几乎不能相信自己的耳朵,难道说做美丽的朴秀琳不好吗?

那个骄傲的女巫哪里去了?难道女巫大婶她——用自己使用魔法的特权交换了美丽的容貌?

夏薇薇转过身,突然发现抱头痛哭的女巫大婶很可怜,哎,当年这位大婶是多么嚣张地欺负她呀!欺负肥胖的嘟嘟,还有美丽高贵的桃芳琪小姐,包括做明星的时候,女巫大婶还仗着朴秀琳的身份冲她大呼小叫……可是现在,女巫大婶似乎也很难过呢?

"好了,你不要哭了,"夏薇薇走到女巫身边,蹲下身子,手掌从她满是皱纹的额头上抚过,苍老的肌肤纹理有些扎手,她叹了一口气,"那么你告诉我,接下来我要做什么?"

毕竟做另外一个人是一件很辛苦的事情,夏薇薇深有体会。

"谢谢你,看来你没有我想的那么讨厌。"女巫抽搭着鼻子,嘟囔着。

"本公主什么时候讨人厌了!"夏薇薇的手抖了一下,再抖一下,有种想要掐女巫大婶的冲动。

"我不知道你有没有听说过'皇家封印'?'公主的守护者'

是跟这个封印相关的人。听我给你讲个故事吧。"女巫大婶抬起头，夹杂着许多情绪的目光凝视着天空中银盘般的月亮。

"大婶不是要骗人吧？"夏薇薇怀疑地看了她一眼，暗自思忖等在宴会厅里的林沐夏会不会着急，植安奎就不用考虑了，此时的大魔头正在因为进入决赛的事情备感激动呢。

不过……她真的要跟他比试一场吗？

可"渡鸦会"的试炼是她必经的成长之路呀！因为身上流着彩虹之穹皇室的血液，很多事情她已经身不由己了。

"其实你有着跟你奶奶美拉一样的容貌……那是五十多年前的事情了，那时候我还是一个小姑娘，差不多十四五岁的样子。"大婶说着说着，脸上竟然有了一丝愉悦，眼底也泛起了光彩。

"美拉？我印象里有这个名字，有一个很奇怪的人经常这么叫我！"夏薇薇屏住呼吸，脑子里转了一圈，惊叫起来，"你是说我的奶奶美蒂缇拉朵西亚王妃！"

夏薇薇的心怦怦直跳，她记得美蒂缇拉朵西亚王妃是彩虹之穹少有的几位德才兼备的王妃之一，就是她当年危难时刻托孤，把她的爸爸托付给"渡鸦会"接受试炼，才使得爸爸继承皇位，并且她还请来了一直不肯露面的魔法世家长老植川仁出来相助，终于平息了皇室混乱……可是历史书上只说到了这里，其他的再也没有提及，包括她的"黑猫爸爸"——白尼斯杜特尔兰国王，也不怎么谈起往事，尽管他也是当事人之一，老爸的托词就是——人家那个时候不懂事也没有记忆力呀！

据说当年白尼斯杜特尔兰王子在"渡鸦会"试炼的时候，那帮老前辈们喜欢宠物，就把他变成了一只黑色的猫咪，不过也因为这样才帮他掩护了身份，最终顺利地通过了试炼！后来成为国王的白尼斯杜特尔兰就常常喜欢把自己变成一只黑猫，自娱自乐。

"就是她，不过，我们一向昵称她美拉王妃，她的脸庞像是彩虹之穹清晨最美的朝霞，她的微笑可以融化极地的千年冰川，她的眼睛是万年不竭的泉眼……而且她对所有的人都很好，美拉王妃不仅温柔，在关键时候还很勇敢，彩虹之穹内乱的时候，她被贵族们困在了皇室的禁闭阁楼，没有食物，也没有办法使用魔法，当时的白尼斯杜特尔兰国王……咳咳……那个时候他还是个孩子……我称他为我的王子殿下——为了保护他，美拉王妃几乎耗尽了生命。"女巫大婶浑浊的眼睛里逐渐凝结出晶莹的泪光。

怪不得奶奶会美名远扬，夏薇薇低头想了一会儿，心里有种莫名的滋味，有种力量在驱使她，要像美拉奶奶一样，很勇敢地迎接命运的挑战！

月光静静地荡漾开来，她的心不知道被什么勾了一下，画面像是放电影一般在她的脑海盘旋，那些在"渡鸦会"看到的场景又出现在了她眼前：

一样惨烈逼人的战斗画面，她把怀里的婴儿递给了那个长相酷似植安奎的男子……等下，如此说来，那张照片上的人——应该就是奶奶和……首席魔法师植川仁！

植川仁，植安奎……一样的姓氏！难道他们之间有什么特别关系吗？

"首席魔法师植川仁和那个大魔王……他们之间有什么关系吗？"夏薇薇不解地问。

"嘘——"女巫大婶像是触电一般捂住夏薇薇的嘴巴，小眼睛环视四周，确定没有别人才在夏薇薇耳边小声叮嘱，"不要随便说那个人的名字，他是不能被提起的。"

不能叫植川仁的名字吗？当年不是他解救了皇室的血脉？怎

么大家却讳忌莫深！夏薇薇被大婶捂得喘不过气来，怎么都不明白上上辈子的事情到底有多复杂。

"你的时间不多了，丫头！快去找到'公主的守护者'，继承王室的血脉吧！进入'渡鸦会'与植安奎决斗，是你必经的一道门槛。我现在无法使用魔法帮助你，但我会祝福你的！你的父亲——我亲爱的王子殿下——他也会一直陪伴在你的身边。另外，不要拆穿我的身份！"大婶摇身一变，咦，美人朴秀琳扭着纤细的腰肢出现在她面前。

"我明白了，不过以后你不可以借助你的身份欺负我。"夏薇薇努努嘴，明显有些底气不足，毕竟朴秀琳在演艺界是前辈。

"想得美，我那么做也是身为女巫仆人必须要做的事情。"女巫大婶毫不犹豫地拒绝了她。

"什么嘛！一点都威胁不到你，帮你保守秘密总要有点交换条件吧。"夏薇薇不满地撇撇嘴，"那我要是不想跟植安奎决斗怎么办？"

"唯一的办法就是你找到'公主的守护者'，流出晶莹的泪水，那样子或许你们就不用决斗了。"大婶的脸上升起一抹坏笑，很得意的样子。

"唉，那明明就是两码事！咦，你是不是知道什么秘密？告诉我！告诉我！"夏薇薇讨好地凑过去。

"哼！想得美！"女巫大婶蛮不讲理地抽抽气，消失在夜幕中不见了。

"大婶等下啦！"夏薇薇无奈地看着她消失，颓然坐下身子，心里好乱，她一个人盯着前方的水晶喷泉，清凉的水花不断地喷涌出来，高低起伏地变换着形状。

攻击魔法？！

夏薇薇敏感地意识到耳边飞来一道红光，正要用力去挡，呜呜……她根本就抵挡不住，那就逃走吧——

"哨"的一声，夏薇薇的眼前闪过一片金属相撞产生的火花，强大的魔法气息扑面而来。

"谁？"夏薇薇警觉地立起身子，刚刚那股红色的力量很熟悉，似乎是她好久不见的哥哥赤力格的红仙索法器！

暗影的树丛中，一身黑色魔法袍的植安奎缓缓走了过来，明晦莫辨的脸上看不清表情，不过可以感觉到一股强烈的寒流……

每次都跟欠他很多钱似的！夏薇薇松了一口气，难道刚刚是哥哥袭击了她吗？没有想到彩虹之穹皇位之争的战火这么快就蔓延到了自己身上。

刚刚有些猝不及防，不过还好植安奎替她挡了一下。她刚要谢谢大魔王……等下！难道刚刚她和女巫大婶的对话被他听到了？！

夏薇薇的小小心肝像是被放在煎锅里煎炸似的，不得安宁。

"你知不知道刚刚很危险，在这里发什么呆？回去啦！"植安奎大步流星地走到她面前，拉起了她的手。

"你一直躲在树丛后面吗？"夏薇薇哆嗦了一下，抬起头问他。

"少来了啦，谁一直躲在树丛后啊！我刚刚去找一只黑猫，结果遇到了厚脸皮的达文西，去找你，你又鬼鬼祟祟地逃走了！哼！"植安奎摆出一张很欠揍的臭脸，接着他似乎想到什么，扭过头看着心虚的夏薇薇，"你脸上像是做了坏事一样的表情，刚刚发生了什么？"

"没有，我只是在想刚刚是怎么回事？有点吓人，呜，说不定哪一天我就被暗杀了。"夏薇薇抬起手臂做了一个抹脖子的动作，吐吐舌头，看植安奎的样子，似乎没有听到她和女巫大婶的对话，那她就放心了。

"我刚刚就是追着那个红色的影子追到你这里的，恰好看见他要攻击你，不过还好那个家伙使用的魔法并不致命，他似乎有所保留，只是想试探你一下。"植安奎低下头，若有所思地解释。

"那个人应该是我的哥哥，哎，他统管世界上最美丽的红色，也最疼我，没有想到他会像今天这样子对我。"夏薇薇叹了一口气，有点失落。想到当年他把变成粉色的太阳变回去的时候，一点怨言都没有，她被送到人间历练的时候，哭得最伤心的也是哥哥……可是，为了王位，大家都开始互相争斗了。

"或者大家都想感受一下在王位上那种被大家敬仰的感觉，有很多美食和华丽的衣服，可以拥有许多仆人，拥有至高无上的权力。我想那种感觉会很好。"

"不对，我爸爸不是么告诉我的。他说如果做了彩虹之穹的国王，就要爱护自己的子民，包括一草一木、一砖一瓦，都不可以浪费，更加不能骄奢。而且，王室的成员要珍惜自己的魔法，不可以滥用，要造福人类……"夏薇薇打断植安奎的话，她心里王位的意义绝对不是大魔王说的那么低俗，哼。

"如果你做了彩虹之穹的王，你会按照你说的做吗？"植安奎的声音突然变得很认真，他扭过头，真挚的目光定定地看着夏薇薇，似乎可以穿透她的内心。

"当然！"夏薇薇勇敢地回应。

"啊！"

"嘶——"

就在他们目光相对的瞬间，夏薇薇和植安奎同时跳开，两个人不约而同地尖叫起来，身体像是被什么攻击了一般，好痛！

"为什么每次都会这样？你对我施展了什么魔法吗？"夏薇薇十分委屈地看着植安奎，手臂像是放到冰箱里冻过一样，又痛又僵。

难道他跟夏薇薇之间有什么无法逾越的阻碍吗？

植安奎的目光沉下去，心里暗自纳闷，已经不是第一次有这种奇怪的感觉了，绝非偶然。每次和这个女孩子触碰到，多多少少都会有奇怪的感觉。现在，连视线的触碰也不行了吗？

想起几个月前，这个女孩子大大咧咧地出现在猫梨七号的门口笑眯眯厚着脸皮不容分说地要住进来；而现在，她那轻松的笑脸下似乎有很多沉重的故事。

他和她，同一屋檐之下的两个人，现在却仿佛隔着看不见的什么结界。每当他要碰到她的手，两人就会触电般地被弹开。

世界上会有这样奇怪的封印吗？把原本那么相像的两个人，阻隔在各自不同的世界。

"我们回去吧，目前看来我们有很多事情需要解决。"植安奎说完，转身向着夜色中走去。

夏薇薇不再作声，只觉得植安奎严肃的样子很奇怪，哎，她还要跟他来一场终极战斗呢，想到这个就够她苦恼很久了。

冷清的舞池里，两行戴着黑色墨镜的西装男默不作声地列在红毯旁，尽头站着一个少年，背光中他的样子十分安宁。

……

我们优雅又耐心的林沐夏又一次被遗忘在了大厅里，哎，身为"幻之光芒"的资助人，他拿着一顶晋级的魔术师礼帽等着给植安奎加冕，可是盼星星盼月亮，空空的大厅门口根本就没有人来啦！

　　还有已经在贵宾室喝掉了很多红酒的著名某公司的导演和艺人们，怎么都等不到演艺新星夏薇薇的到来，可是碍于林沐夏的面子又不好走开，煎熬呀煎熬……

　　至于那些熬更守夜徘徊在围墙外的娱乐记者，唉，这真是他们不堪回首的一天。

最后的演出

拍摄片场十分忙碌,阳光被浓密的树影弄碎,斑斑点点地落在了夏薇薇粉色的戏服上。

蝶世纪演艺公司门前,达文西一脸期待地盯着夏薇薇,心里暗自得意,不知道为什么,一晚上不见,他忽然从夏薇薇的脸上看到了一种叫作忧虑的情绪……

哎哟,我们可爱的小公主此时正在操心会不会被女巫大姊欺负呢!所以不安得不得了,小脸上当然就一改曾经的无公害超单纯笑脸啦。

"要开始了,小夏薇薇,你不要入戏太深了,不过看到你这种前所未有的表情,真的好激动哟。"达文西凑到夏薇薇身边,双手收在胸前,声音嗲嗲的,一脸花痴模样。

"还好啦,不过,我好像突然忘记了那句台词……"夏薇薇低下头，声音如同蚊音，手指绕着戏服上的花边。

"呃……"达文西脸上的笑容戛然而止，有些僵住了，半晌才回过神来："骑士将会守护着王国的公主，以自由作为代价，成为皇室永不变心的捍卫者！"

虽然台词有点长，但是从头至尾，夏薇薇只有这一句话，怎么可以忘记……呜……一定是感情太投入了。

达文西抓狂中。

"哦，我记得了！"夏薇薇跟着模仿了一遍，看到导演招呼她上场的手势，不由得深吸了一口气。

片场特意做出了人造的星光和雪景，很漂亮，但是空气中弥漫着一股刺鼻的化学味道，这个或者就是跟纯天然魔法的区别了。

"哇！"夏薇薇忍不住惊叹，眼前的乔森变换着各种各样的魔术，一会儿地上多了一只汪汪叫的小狗，可爱的样子逗得穿着皇室华服的朴秀琳咯咯直笑！

突然，画面一转，一群白鸽腾空飞起，哗啦啦地扑闪着白莹莹的翅膀，纷纷向着窗外飞去……

"王妃，你还想看些什么魔法，只要是你想看的，我都会照办。"乔森单膝跪在地上，谦卑地说。

"谢谢你。""王妃"缓缓站起身来，笑靥如花，戴着白色羊皮蕾丝手套的手轻轻推开摆满郁金香的窗棂，深深地吸了一口气，温柔地对乔森说："请你给我国土上的每一个孤儿院里的每一个女孩子都变出一顶皇冠和一束代表她们味道的守护花。我每天都可以听到她们想要当公主的梦想！其实她们在我心中一直都是娇贵美丽的公主。"

"……可是我不知道她们的守护花是什么？"乔森面带难色。

"杜丽卡，你去帮下我们的魔法师。""王妃"调皮地眨眨眼睛，举手投足间带着一股灵气。

夏薇薇连忙应声，哎，她扮演一个丫鬟，也就是当年女巫大婶的角色，夏薇薇轻轻地走到乔森身边，跟他一起去"孤儿院"。

这一幕总算是拍完了，导演让大家收工。

达文西去送别的艺人了，乔森主动要送夏薇薇回家。他们并肩走在街上，刚刚的场景触动了夏薇薇，她的奶奶美拉王妃当年也是一如那些场景吧，还有她最爱的郁金香守护花，哎，可是她从来没见过奶奶。

"这个是谁写的剧本？"夏薇薇小声问乔森。

"是少爷特意准备的。"乔森露出了无害的笑容，憨憨的样子很逗，"等下我们要合作表演一场魔术，到时候我们要好好彼此配合哦。"

林沐夏准备的剧本？！

那么朴秀琳就是在扮演奶奶，乔森就是在演植川仁了！夏薇薇的心猛地抽紧，这一切植安奎还丝毫不知情，可是如果他知道了，该怎么办呢？

不过说来奇怪，好久不曾见到植安奎的影子了，他跑到哪里去了？

"夏薇薇小姐来了！我是'娱乐猜猜猜'节目的记者……"一个黑色的话筒突然凑到了夏薇薇面前，娱乐记者八卦而又充满激情的声音响起。

"还有'幻之光芒'大赛新晋魔术师乔森呢！"

"夏薇薇小姐，您对于自己的照片出现在《魅丽女王》杂志封面上有什么感受呢？据说您已经是最有潜力的少男杀手，清纯健康的形象让无数人为您疯狂！"

"《魅丽女王》杂志封面？！那个传说中的少男最爱的杂志，天啊，怎么没有人告诉我呀？"夏薇薇又惊又喜。

果然，只见身边的报摊上摆着一份杂志，上面的她穿着无比可爱的粉红套装，下面有一排小照，还有穿女仆装的……

"大家都说你是靠脸蛋和身材出镜的，不是实力派哟，你想要解释些什么吗？"记者们喋喋不休地逼问。

……

丁零——丁零——

一片悦耳的乐声过后，天空中落下雪花一般的星星沙，世界突然变得寂静。

咦？

夏薇薇猛然间发现自己面前的乔森笑呵呵地一动不动地站在原地，包括身边的记者们，全都保持着奇怪的动作定在了原地。

"愣在那里做什么，跟我走啦。"夏薇薇还没有缓过神来，伴随着某人熟悉的咆哮声，乔森和她的身体就被一股强大的魔法包裹，隐在了空气中。

"你们两个只会待在人群里被欺负，还是要本少爷亲自出马。"植安奎把他们送到蝶世纪公司，很臭屁地撇撇嘴。

"你到哪里去了，刚刚是定身的魔法吗？好酷，我也想学呢！"夏薇薇双手托住下巴，口水都快流出来了，一想到学会那个魔法就可以把人定在原地，哼哼，要是不解气的话，还可以打他一拳，踢他一脚，都不会还击的呢。

"我才不要教你这种笨蛋。"植安奎很不解风情地满口拒绝，抱着手臂倚在门框上。

"咦……拍完了吗？"刚刚回到办公室的达文西奇怪地看着夏薇薇，又扫了一眼躺在地上双眼冒金星还没苏醒的乔森。

"问他！"夏薇薇指着植安奎。

"没有什么，只是想告诉你们表演的时候不要说那句台词。"植安奎闭上眼睛，很不客气地摆摆手。

"为什么？"夏薇薇最看不惯他目中无人的样子。

"因为我不喜欢！"植安奎睁开眼睛，凑到夏薇薇脸前，有种咄咄逼人的感觉。

夏薇薇没有想到他会这么大的反应，不由得噤声。

"总之，该做的我已经做了，剩下的就看你自己了。本少爷还要进行一次演出，先走了啦！"说完，他点开了一个穿越时空的魔法，消失了。

"哇呜，太帅了！太酷了！植……植……植安奎不愧是当今最伟大的魔术师耶！"达文西又开始花痴了，植安奎转身而去的风恰好给他的鸡窝头发整出了一个不错的造型。

"当今最伟大的魔术师？"原本昏睡在地的乔森腾起身子，目光呆滞的脸转向夏薇薇和达文西。

"对呀，乔森，你也要加油，呼呼！我们蝶世纪是最棒的！"达文西扑倒在乔森身边，激动地表达着雄心壮志。

到底要不要听植安奎的，不说那句台词呢？还是那句台词本身就是一句咒语？既然如此还是不要说了！

"夏薇薇，你在想什么呢？你还记得你的台词吗？"达文西给乔森倒了一杯水，随即走到夏薇薇身边，眉眼弯弯地冲她笑笑，拍拍她的肩膀。

夏薇薇嘴上一堵，植安奎不让说的！

"呜呜……不会又忘记了吧？我好伤心哟，都是我给你太大压力，害得你连一句台词都记不住，呀呀，我真是太罪恶了！"达文西看到夏薇薇呆住的样子，心里一沉，不由得在屋子里疯跑起来!

看着达文西自责,夏薇薇着急得不得了,一道清脆又充满感情的声音缓缓泻出,宛若山隙里的清泉,一丝一丝地蔓延开来,正是从夏薇薇的口中传出来的。

"骑士将会守护着王国的公主,以自由作为代价,成为皇室永不变心的捍卫者!"

屋子跟着一震,达文西站立不稳,摔倒在地上,乔森更是不可置信地看着四周的建筑被扭曲成了可怕的弧度,似乎稍不留神就要崩断……湛蓝的天空变得惨白,像是调色盘一般形成了一个巨大的旋涡,好像要吞噬一切。

她还是念了……

光影中,少年的脸色苍白,眼睁睁地看着世界交替混乱,天空中,赤、橙、黄、绿、青、蓝……各种色彩突然汇聚在一起,汹涌而来的力量让人窒息。

不好!已经飞身在另一个时空中的植安奎顿了一下,精灼的目光朝着那混沌的空间中扫了一眼,他本以为夏薇薇的咒语只会引发"皇室封印"生效,没有想到也同样刺激了争夺皇位的彩虹之穹的皇室成员的觉醒……不再犹豫,他抽身而出,朝着蝶世纪公司塌陷下去的屋顶飞去……半空中,不知所以的魔法师们群魔乱舞,他们估计也已经预测到了彩虹之穹的混乱时刻即将到来,都在犹豫要加入哪一股势力中去。

植安奎不得不不断使用魔法推开挡在眼前摇摆不定的魔法师们。

耳边嗡嗡直响,夏薇薇只记得喊出了一句台词之后,威力竟然大到地动山摇……

奇怪！夏薇薇伸伸腿，咦，脚丫怎么接触不到厚实的地面，身子也感觉轻飘飘的，像是浮在水中一般，可是她感觉不到水啊！

她勉强睁开眼睛，眼前是一片黑乎乎的世界，夏薇薇几乎什么都看不清楚，伸出手臂试探，也接触不到任何实体物质。

"少爷，人已经带到了。她现在还在昏迷中，我们给她下了迷药。"一个压低的男声传来。

"她不会有事吧？"这个声音好耳熟，是林沐夏！

等等！怎么会是他？那么温柔的沐，怎么会是他？

可是，那句台词不正是他安排的吗？他一定知道那句会让情况发生变化的咒语，于是把它写进了台词，让我念出来……

现在，一切都来不及了吗？

"是的，要不然我把她带过来。"男人建议道，说完夏薇薇就听到有脚步声向自己这个方向移过来。

不会是被绑架了吧？还是被带到了异维空间？

哼，看看他们要对我做什么？

可是，怎么会是沐？怎么会？

夏薇薇屏住呼吸，闭上眼睛，一动不动地等着别人的"检视"。然而，就在她打算找一个舒服的位置躺下来的时候，手臂触到了一丛杂草一样的东西，诶，难道是乔森的小辫子？原来乔森也被带了进来！

吱呀一声，门被打开了，一缕强光照进封闭的屋子，夏薇薇愣是没动一下。现在这个情况，动了也跑不掉吧。

"'彩虹之穹'的其他继承人是怎么想的？他们要怎么处置夏薇薇？"林沐夏的声音低低的，那是夏薇薇完全陌生的冰冷。

他走到夏薇薇面前，手指轻轻地放到她的鼻息处，稍微量了一下，接着移开了手指。

呼……憋得好辛苦，她不得不强忍住被发现的紧张感，尽量保持呼吸"平稳"。

"嗯，她睡得很沉。"林沐夏说。

"少爷，我们的迷药是特制的，不会伤害到夏薇薇小姐。至于彩虹之穹的其他王子和公主，她们要求与夏薇薇小姐光明正大地决斗，也同意祛除她身上的魔法能量，留她在人间做一个平凡的小女孩。"

"嗯，我知道了。"林沐夏沉思了一下，才回答。

什么？！坏蛋！竟然要祛除我的魔法能量，那不就是要把我打入凡间吗？当人间的普通女孩也没什么，不过手段也太黑了吧，还不如痛痛快快地打一架？哼，就算是没有找到"公主的守护者"又怎么样！不能被这么欺负……

夏薇薇快要气疯了，她的哥哥姐姐太不像话了，明明就是欺负她。

沐，难道和他们是一伙的？

突然，四周安静下来，夏薇薇不敢动，可是心里怦怦跳个不停，怎么办？林沐夏那种冷冰冰的口吻，让她的心也凉了。不得不承认，他明显是跟自己其他的竞争者是一伙的。

植安奎！

植安奎……植安奎……植安奎……

不应该不听他的话的，夏薇薇在心底不断地喊着他的名字，快来救救我吧。

汗水沿着她的额头，滴答滴答地往下掉。

"少爷，她似乎没有昏倒，要不然怎么流汗这么厉害！"一个惊恐的声音传来。

什么嘛？！昏倒了做噩梦不可以吗？

时间不多了，植安奎落入了混沌的时空，心中很奇怪地感应到了夏薇薇的呼唤和求救。

他不再思索，闭上眼睛，听凭直觉的指引，朝着无尽的黑暗坠落下去。

他的黑发在极强烈的蓝光中飞扬，巨大的黑色魔法袍胀满空气，华丽地盖住了他的身体。

着陆了！

脚下是一片青草地，远远看去，一个巴洛克式的小教堂矗立在不远处，碧蓝的穹顶上，十字架显得很突兀。

"植先生，你好，我是比尔。我们少爷在里面有事情，请不要打搅。"植安奎还没走几步，一个身穿黑衣戴着黑色耳麦的法国男子拦住了他的去路，用蹩脚的中文解释着，甚至还勉强给了他一个笑脸。

"我是来找人的，不要拦我，你们家少爷关我什么事？让开！"植安奎闭了一下眼睛，虽然他不歧视法国男人，但是到这种时候还如此待他，真是无法忍受。

"拜托，你有点礼貌好不好。"黑衣男人不高兴了。

礼貌？夏薇薇的呼救声越发强烈！

植安奎……植安奎……植安奎……快来救救我吧。

植安奎的手指已经打出了一个昏睡魔术，可是还没有发出来，就被比尔的手按住了！

"你这样子我们很受伤也很为难哟。"

"受不了了，要打就出手，不要这么婆婆妈妈的好不好！"植安奎终于被比尔的语言激怒了，他漆黑的眸子里正在冒火。

比尔先是呆了一下，接着无奈地摇摇头，手指伸到口中吹了一个响亮的口号！

哗啦一片,像是旋起了一道龙卷风!一阵恶臭传来,比尔连忙掩住口鼻逃走了。

"好臭!"植安奎不由得皱眉。勾起手指对着天空,不对,这群鸟是没有生命的!魔法对它们根本就没有用……

"唔……"快要吐了……

漫天飞舞着黑色的长翅鸟,长长的喙磨得很尖,它们成团地攻击植安奎,身子笨重可是动作十分轻盈……一只鸟只是在他躲避不及的时候挨了一下他的身子,他立刻就变得浑身恶臭起来……稍不注意,他肩膀上就被啄出了几个血洞,还很疼!

除了躲,他只有躲……

咦,为什么这群鸟不往阁楼上飞?植安奎沉思了一下,身子迅速隐在风里。

原来如此,塔楼顶上站着一个穿着白色衬衫的稻草人,咧开嘴巴在风中笑得正欢,摇摇摆摆的身子十分逼真!

试试看了!

植安奎用尽力气拔掉稻草人,向着臭鸟群里飞去……鸟儿们像是见了天敌一般,纷纷散去,天空中只留下几片黑羽,弥留着刚刚恶战的气息。

郁闷,这群呆鸟不怕真人竟然怕稻草人,哼!

突然,一道刺眼的光芒压下来,植安奎猝不及防,迅速做了一个预防的姿势,可是身上的衣服还是被强光灼破,露出胳膊上的伤痕。

"植先生,你到底要怎么样?我发现你一点礼貌都没有。"比尔带着一群同样打扮的黑衣保镖跑了出来,气势汹汹地嚷着。

"你们自己玩去吧,我就不奉陪了!"植安奎的目光像是闪电,直直地盯着大门,身子一顿,毫无阻碍地向着屋子里飞去。

那群笨蛋保镖，似乎不会飞呀。

"夏薇薇公主，你没事吧？"植安奎刚刚闯入屋子，甚至还没来得及松口气，张口就是这一句。

刚刚他叫的什么？竟然尊称她为公主？！疯掉了，嘴巴竟然不受大脑控制了！

眼前中世纪教堂那奢华的门缓缓打开了，植安奎喘了一口气，光洁的地板在昏黄的壁灯的照耀下，带着一丝诡异，一直蔓延到无边的尽头，直到变成一个小黑点。他只感觉里面危机重重，夏薇薇那丫头不会有什么事情吧？偏偏这个时候，他居然感应不到夏薇薇的呼救信号了……屋漏偏逢连夜雨！

植安奎跨过门槛，影子重叠在光影中，尽管已经很小心，他还是听见了自己的脚步声被走廊无限放大回响着……刚刚路过走廊的第一个门，只听见里面传来一个友好的声音——

事实上，那声喊把植安奎吓得猛地一颤，脚丫都不知道往哪里放了。

"植安奎先生，请你进来。"温柔的男声没有一丝攻击的气息。

"搞什么鬼？"植安奎暗自咒骂，推门而入。

眼前的画面是，夏薇薇和林沐夏二人端坐在一张长长的水晶桌前，她优雅地端着一杯冒着热气的咖啡，旁边站着两排穿着女仆装的妙龄金发女郎，都眯着甜美的大眼睛冲他友好微笑。

抓狂，黑线，无语……植安奎深深地垂下头，两条胳膊无力地挂在门把手上，他发誓，这是他有生以来最狼狈的时刻！

就不应该来管夏薇薇那个女人的。

"植安奎，请你教我魔法，我十分需要你的帮助，好吗？"夏薇薇缓缓起身，一脸郑重地向着他的方向走过来。清澈认真的声音果断有力，连眼睛里都是一脸崇拜。

这……这到底是怎么回事？

"夏薇薇小姐，如果你真的那么选择的话，作为不同利益的代表人，我们的友谊会结束，有可能会变成……敌人。"林沐夏闭上眼睛，长长的睫毛在脸颊上留下一层暗影，嘴角微微抽动。

"不，就算是代表不同的利益，我们也可以私下里好好相处，我从来……从来……不认为温柔的林沐夏会成为我的敌人。"夏薇薇咬咬嘴唇，对着林沐夏点点头，拉起愣在身边的植安奎向着门外奔去。

屋子里，林沐夏浑身颤抖，怔怔地望着大厅里的墙壁，不知道他在想些什么。

第9章
魔法对决

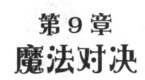

🎭 一句台词的风暴
🎭 华丽的战斗

【出场人物】
夏薇薇,植安奎,达文西,女巫大婶,
林沐夏,乔森,"渡鸦会"成员,
植仁川,卢玛尔

【特别道具】
爷爷的黑色魔法棒

一句台词的风暴

　　风从耳边散去，夏薇薇把绕在脸颊上的头发别到耳后，突然止住了脚步。

　　"你又想做什么？"植安奎有些不满地看了她一眼，从刚才的幻境里出来，他一直等着夏薇薇向自己解释，可是她什么都没有说。

　　"我把乔森落下了，他们误以为乔森是我，给他上了迷药，到现在他还在昏迷中呢。"夏薇薇可怜巴巴地说。

　　"原来他成了你的替罪羊，没事的啦，他是林沐夏的好朋友，他不会把他怎么样的。"

　　"也对哟。"夏薇薇松了一口气，点点头。

　　"还有以后小心一点，上次的危险你又不是不知道，只会害得别人担心！"植安奎扭过头，动作像是要给夏薇薇一个爆栗似的。

"不要啦，你很臭耶。"夏薇薇立刻跳离植安奎十米远，捂住鼻子一脸嫌弃的样子。

"还不是因为你——"植安奎这才意识到自己在马路上是多么引人注目，头发"很有型"地贴在额头上，身上的衣服全是小口子，裂成一条缝一条缝的，而且还浑身散发出一种恶臭，简直就像乞丐一样。

"为了补偿你，跟我走吧。"夏薇薇很大气地拉起植安奎的手。

"去哪里？"植安奎下意识地站在夏薇薇身后，他第一次从大众眼中看到除了崇拜还有鄙视意味的眼神，自尊心很受伤。

这个世界，以貌取人，以貌取人呀。

"医院，要不然你的伤口会感染的，到时候就麻烦了，说不定还会留下很丑很丑的疤痕！"夏薇薇对着他扬扬拳头，眯起眼睛威胁道。

"啊？什么？不要！本少爷完美的皮肤上怎么可以留疤！"

植安奎乖乖地跟上夏薇薇，他虽然很讨厌医院的味道，但是境遇应该会比在大街上好一点吧。

南道市又一次恢复了往日的秩序，人流匆匆，街道上到处奔跑着汽车，因为人类世界一刹那的静止，他们没有人知道，这个城市的房子曾经塌陷，道路被扭成了麻花，空气里充斥的不是氧气，而是力量爆发时候含着剧毒的气体，还好是在人类的时间静止的时候发生的，时间重新开始的时候，所有的毁坏都会消失，回归到从前的模样……

蝶世纪公司里，达文西正急得在屋子里转圈，看到夏薇薇和植安奎回来，他不由得喜上心头，凑过去抓住夏薇薇的肩膀。

"小薇薇，快到你最后出场了，还记得你那句台词吗？"

台词?

夏薇薇再也不敢说那句台词了,要不然世界都会毁灭的,可是达文西是怎么回事?怎么老是说那句台词呢?

"我没有台词啊,从始至终都是只有动作的。"夏薇薇对上了植安奎警告的眼神,心里已经有了打算,镇定地回答。

"哦,没有哟,那快去出场吧。"达文西的眼神突然落在了站在夏薇薇身边浑身裹得像是白粽子一般的人身上。

他站在原地想了一下,皱起眉头,撇了撇嘴角,突然身上一颤,跟着抽搭着流起眼泪来,杀猪一般的号叫响彻了整个公司:"我的乔森,是谁把你打得人不像人,鬼不像鬼,哇呜呜……"

夏薇薇只看到植安奎的手掌握成拳头又松开,接着又握紧!

哈哈哈,笑死了!大魔王一定不知道被气成什么样子呢!

猫梨七号的屋子里,墙角处绿色的藤蔓植物开出了红色的花朵,香气弥漫在屋子里。

夜里,夏薇薇在床上翻来覆去睡不着觉,干脆下楼去找植安奎那个大魔王,晚上讨教魔法的她一定会灵气倍增,吸收日月精华,采集天地灵气……

夏薇薇蹑手蹑脚地走到楼下,又是一片惨白的光……植安奎那个家伙一定又在看地图,这一次她学乖了,小脸上恶作剧一般地笑笑,缓缓地移到了植安奎身后。

只见地图上放着一个巨大的沙盘,上面每一个出口处都布上了一个玩偶小人,橙色的城堡屋顶,嫩绿的草地,还可以看到华丽的金色会议厅……等下,这个构造分明跟彩虹之穹的方位一模一样,更加奇怪的是,连王国里的密道都标得清清楚楚!

"你都看到了？"

"啊！你怎么知道我在你后面？"夏薇薇跳起来，不置可否地盯着植安奎，那个图似乎是对彩虹之穹有不良企图的战争图示。

"当然，你穿过我布下的结界的时候我就知道！"植安奎没好气地白了她一眼，"你帮我看看这上面写的是什么？"说完，他拿起身边的一个黑色的魔法棒，用丝帕擦拭了一下顶端，递到夏薇薇面前。

一道湛蓝的光辉闪过，魔法棒顶端突然冒出一个钻石般璀璨的宝石，上面凝结着强大的魔法气流。

唔……这个魔法棒是谁的？好像很值钱的样子……

"这个……"夏薇薇愣了一下，什么时候她这么贪钱起来！她低下头，借着地图上发出的惨白的灯光，魔法棒上"美蒂缇拉朵西亚王妃"几个字吓得她心里猛地一颤。

"这个是我爷爷植川仁在祭台上受处罚之后唯一留下的东西，他那个时候已经失踪了！"植安奎扭过头，眼神里迸射出来的光芒似乎要把人吞噬，他咬着嘴唇一字一句地逼问："如果本来是功臣的爷爷在拯救了皇室之后还要受到除去魔法能量的惩罚，那到底会是因为什么呢？"他的手指紧紧地压住魔法棒，一股青色的火焰从他的指尖冒出，魔法棒跟着颤抖起来。空气突然变得好紧张。

"不会的，彩虹之穹王室不会那么对待有功之人的，你多想了！"夏薇薇辩称，心里不由得惶恐，植安奎要是发火她就惨了。

可是植安奎的眼神分明就是不相信的样子，难道……夏薇薇突然想起……

"你上次偷听了我跟女巫大婶的谈话，对不对？"夏薇薇这才意识到原来他早就知道了他爷爷和自己奶奶的事情，只是瞒着没说。

"本少爷才不屑于偷听，不过是无意识听到罢了。"植安奎转过身，嘴硬道。

"不管怎么样，你不要先入为主……"夏薇薇顿了一下，可是话没说完，只见地图上迸射出许多光芒，那个长着与植安奎一样的脸庞的男子隐约可见，他站在"渡鸦会"高高的会议台上，如墨的发丝随着他的动作在空中飞扬。

"魔术师生来自由，无论是爱情、友情还是地位，神圣不可侵犯，我们不是要为了谁活着，而是为了我们自己！"他的声音有着极强的号召力。

"对，我们'渡鸦会'要攻入彩虹之穹，向那骄傲的王讨回我们的自由！"魔法师们群魔乱舞，各色的魔法光泽在会场里乱窜。

难道"渡鸦会"是皇室眼皮底下的一个叛乱组织？它的存在就是为了颠覆彩虹之穹？这里不仅有地图，还有组织，还有号召，还有领导……还有一个正在她身边的植安奎……夏薇薇惊恐地看着眼前脸色铁青的少年，突然感觉他们之间的距离好远好远，似乎一直都不曾亲近过。

"你放心，我分得清上辈子的事情跟你无关，也不会伤害你。"植安奎冷冷地说着，蹲下身子收起地图。

"可是伤害我爸爸妈妈……甚至彩虹之穹的每一个生命，我都觉得不应该啊！"夏薇薇着急地解释。

"总之我会查清楚的，十六年前爷爷失踪之后，家族因此禁止我学习魔法，所以我必须要恢复魔法世家的声誉以及在'渡鸦会'中的地位，这个……是我的使命，一如你要为接受彩虹之穹的王位而经历各种磨炼一样！"植安奎句句铿锵，话一说完，头也不回地扭头离开。

"这个……是我的使命，一如你要为接受彩虹之穹的王位而经历各种磨炼一样！"夏薇薇心里机械地重复着植安奎的话，难道……对于植安奎来说，到"渡鸦会"去查清爷爷的失踪之谜才是最最重要的？！

震惊！

那么如此看来，她和植安奎之间又有着多么矛盾的存在，她要守护彩虹之穹，而他却要跟从爷爷……颠覆皇室？可是又是为什么呢？到底他的爷爷跟皇室有什么恩怨？

"等下，我想告诉你一件事。"夏薇薇顿了一下，脸色涨得通红。

植安奎停住了脚步，背影很抗拒。

"就是……上次在'渡鸦会'……密室墙上那幅油画里的两个人……一位是我的奶奶美蒂缇拉朵西亚王妃，另外一位，我想就是你的爷爷……"夏薇薇的声音小到自己都听不见了。

"我知道了。"植安奎没有回头，旋即离开。

就这么简单？夏薇薇愣愣地看着他的背影？难道他不好奇吗？

呜呜……想不清楚了，奶奶跟这个大魔头的爷爷到底是什么关系啦？她这个大脑根本就还没有成长到足够承载这么多复杂纠葛的事情！

夏薇薇真的哭了，兔子头拖鞋被她扯得啪嗒啪嗒响，回二楼卧室的时候，还被楼梯绊掉了一只……她现在不是灰姑娘，拖鞋咕噜噜地滚到楼下，她无比懊恼地跟着一阶一阶地往下跳，灰溜溜地把鞋子捡回来。

可没有王子替她捡鞋子！

卧室里，夜风徐徐，拂动窗棂。

夏薇薇这一夜真的失眠了，从来不知道失眠为何物的她，终于感受到了失眠是一件多么恐怖的事情。躺在床上翻来覆去睡不着，脑海里全是彩虹之穹就要遇到麻烦的场景，她从来不知道，原来夜晚这么长……

早上爬起来的时候，夏薇薇脸上挂着两个"熊猫眼"，她没精打采地在水池旁刷牙。

植安奎早就不见了影子，不知道哪里去了。哎，他为爷爷鸣不平，不知道会做出什么事情来呢？

咕咕咕——，夏薇薇漱漱口。

"小夏……夏薇薇，今天你要好好好好好好休息，明天会有通……通告的哟。"达文西手里拿着一封邀请函，气喘吁吁地冲进了猫梨七号。

"哦……"夏薇薇很没激情地回应道，眼皮低垂着，她想了一下，看了一眼达文西："你是怎么进来的？没锁门吗？"

"呃……因为太着急，太激动……所以就进来了，那个通告是，在全国收视率第一的'快乐来了'上登台十分钟！以后你就星路畅通了！"达文西围着她喋喋不休。

"我还穿着睡衣，请你……出去一下。"夏薇薇推着达文西，心烦意乱地关上门，他只知道一心一意帮她出名，可是上次的那个鬼叫的咒语台词差点害得她和植安奎出事……

"小薇薇，你心情不好吗？"达文西隔着门小声问。

"没有啦，只是失眠了一整夜。"夏薇薇垂头丧气地蹲在地上，哎，她干吗要对达文西发脾气，说到底还是她自己太没用，面对困难却什么都挽回不了，所以才会迁怒于别人——还有上次和林沐夏的谈话，如果她在这次王位争夺战中失败了，那么所有帮助过她的人都要跟着倒霉……达文西，植安奎，包括林沐夏，乔森，女巫大婶……哎，太多太多了！

可是当她决定参加这场混战的时候，何尝不是因为植安奎的存在，因为他一直都在身边帮助和支持她！

现在植安奎拍拍屁股走人了，她的心就像放空了一般，一点把握都没有！

达文西会不会生气呢？她莫名其妙地发脾气，现在她一个朋友都不能丢掉了！

嘎吱一声，门打开了，夏薇薇探出半个脑袋寻找达文西的影子。

"哈哈，我的小夏薇薇似乎烦心事很多呢？不过保持好心情去迎接明天的挑战才是对的哟，车到山前必有路，船到桥头自然直，既然你已经努力尝试过，剩下的就让上天替你安排吧。"达文西很看得开地微笑着，似乎一点都不担心，更没有生夏薇薇的气。

"希望所有的事情都如同你所说的那样。"夏薇薇低下头，一不小心脚步向前磕去，头恰好靠在了达文西的肩膀上。

"哈哈，走路小心点。"达文西一点也不介意，手臂拍拍她的肩膀，似乎要给她力量。

"对不起……"夏薇薇低声道歉，刚刚准备起身。

"呃……"随着一声强压下去的惊叹，接着是咣当一声，一堆叮当脆响的法器落在地板上，直滚到她的脚边。

夏薇薇和达文西不由得一惊，纷纷扭头看去。

逆光的晕影中，植安奎呆站在门口，一脸震惊地盯着他们，手里的东西在他毫无意识的情况下全落在了地上，他只顿了两秒钟，接着颇为复杂的目光极不自然看向一侧，黑色的法袍上还粘着不知哪里蹭上的白灰,像是掩饰尴尬一般,他故意大声说道:"这些都是可以引发你魔法灵气的法器,你挨个试试吧,要不然我无论怎么教你魔法都不会有进展的。我先走了。"植安奎说完,瞳孔一缩,身子向着暗处隐去。

"等一下!"夏薇薇愣住了,低头看了一眼地上各种各样的法器,有彩色的铃铛,贝壳风铃,模样奇怪的羽毛……还有好多她不知道名字的东西……都是为她准备的吗?因为魔法力量被爸爸锁住,所以无法学习魔法。

大魔王是一大清早就帮她寻找这些东西去了吗?

心里有股奇异的温暖……

可是,自负到骨子里的植安奎早就不见了人影,他一定是误会了她跟达文西的关系,所以负气出走了。

夏薇薇蹲下身子,把各种各样的法器一个又一个地捡起来,没有植安奎教她,她怎么知道该怎么用?

"小夏薇薇,不要担心,植安奎会回来的。"达文西的手掌放在她的肩膀上,垂下头,冲她眨眨眼睛。

"嗯!"夏薇薇点点头,抱着满满一怀抱的法器,目光定定地看着植安奎刚刚消失的门口。

清晨,阳光透过绿色的藤蔓照进屋子,夏薇薇懒懒地直起腰,揉揉眼睛,不知道为什么,以前最喜欢看的清晨,现在看起来也失落落的,阳光不如之前粉得可爱。

专门从一堆法器中挑了一颗翠色的珠子挂在脖子上,她一个人走在大街上。可是,像往日一般熙熙攘攘的人群,她身上的魔法血液明显感觉到一股奇怪的气息,每一幢建筑上都萦绕着各种不同的色彩,明显比平日的颜色要浓厚很多,比如东方百货大楼上的蓝色玻璃，明显比之前的色彩要深一些，也更加耀眼……难道说……她的哥哥姐姐们化身的力量此时正隐藏在人类的建筑上，伺机而发吗？

想到这里，夏薇薇垂下头，不由得加快了去公司的脚步！

化妆间里，夏薇薇的脸色苍白，身上被召唤的血液沸腾着，一场大战即将爆发，可是她还要在达文西期盼的眼神下做好几个通告。

"夏薇薇小姐，请你笑一下，我需要你的照片。"摄影师拿着镜头对准夏薇薇，瞄准了她的小脸后，又提醒她，"不要这么紧张，请笑一下。"

夏薇薇快要窒息了，她的脸上肌肉紧绷，根本就笑不出来。

"好了啦，等到录制节目的时候再拍照也不迟。"达文西笑着袒护夏薇薇。

扑通——扑通——

夏薇薇可以听到她每个节奏的心跳声，大反攻就要来了！她无比清晰地感觉到原本遥远的那些魔法力量正在朝着人间汇聚，齐齐地压迫着她的血液和神经。手心在冒汗，甚至连呼吸都变得急促……她要去捍卫彩虹之穹，还有爸爸对她的信任。

这是她命中注定要去完成的事情。

"准备好了吗？我们要出场了。"达文西遇到事情还是一如既往的平和，他拍拍夏薇薇的头，看着镜子里如同瓷娃娃的女孩子，不由得惊叹道，"真的是太美了！"

"我……准备好了。"夏薇薇站起身来，手心紧紧攥着胸前的翠色珠子，低头向着摄影棚走去，脚步一下比一下沉重。

战争就要打响了，可是她还躲在屋子里……她没有勇气面对……没有勇气……

如果，一切都是宿命，把头缩进翅膀里，会不会就不用去看去想去听？

"要迟到了哟。"走在前面的达文西扭头提醒正在迟疑的她。

"嗯！"夏薇薇加快了几步，接着又迟疑下来。

"夏薇薇小姐，请等一下！"是乔森的声音，他喘着气，红红的胸膛上粘着细细的汗水，显然是跑过来的。

"什么事情？"夏薇薇轻轻呼出一口气，大眼睛紧张地盯着乔森。

"这个是少爷要我转交给你的信件，他现在不方便来。"乔森喘息了几下，一头的小辫子乱糟糟的，匆忙地从怀里掏出一封信塞到夏薇薇手里，"因为很急，所以很抱歉。"说完他急匆匆地转身离开。

夏薇薇迟疑了一下，手里的信件像是烫手的山芋一般，不知道该不该拆开。

"打开看看，或者林少爷有事情要告诉你。"达文西走到她面前提醒道。

夏薇薇的手指发颤，缓缓地撕开了信封，一张白色的信纸上写着几行隽秀的字：

夏薇薇小姐：
  你说得很对，每一个魔法师都是自由的，要按照自己的意志生活，而且我也尊重你的选择，虽然你没有魔法，却勇于跟别人战斗，这不也是按照自己意愿生活的表现吗？我把战场控制在了'猫梨七号'，尽量少地干扰人类，请你务必做好准备。
           你的朋友：林沐夏

夏薇薇看完信，眉头紧紧拧在了一起，她驻足想了一会儿，手指攥着信纸贴着胸口，林沐夏怎么会突然要帮她？！无论如何，现在已经十分紧迫了！

她的大眼睛像是漆黑的深潭突然跃出莹白耀眼的水花一般，透过水雾，她定定地看着达文西，一字一句地说："我要回猫梨七号去，完成自己的使命，因为有很多人的幸福和不幸都掌握在我的手中。"

"做好心理准备了吗？"达文西的眼神闪烁了一下，似乎在思考什么，脸上挂着若有若无的笑容。

夏薇薇微微一愣，达文西不吃惊吗？也不关心她的使命？没有时间了，夏薇薇闭了一下眼睛，现在她没有时间去考虑别人的感受。

"对！没有比现在更加坚定的想法了，再见！"夏薇薇突然感觉浑身畅快，抓着信封大步向着出口跑去。

"等一下，我的小薇薇……"

这个声音……

一片灿金的光辉从她身后蔓延开来，一直铺展到她的脚下。她像是怕被电到一般，拼命地跳着躲开金光，光芒如此圣洁又不容亵渎，这种似曾相识的感觉……

她仿佛听到了人间最天籁的声音，轻轻地呼唤着她的名字，那个声音是……

她无法置信地缓缓扭过头，大眼睛近似失神地看着眼前一身华丽的宫廷服装的白尼斯杜特尔兰国王，他浑身闪耀着高贵的光芒，身子结实有力，脸上带着一抹恶作剧一般的笑容，头上的王冠金灿灿的！

"爸爸！"夏薇薇先是退后了几步，眼底闪过些许迟疑。

不会吧？老爸在玩什么啊？上次变成黑猫，这次变成经纪人达文西？还是太想他所以眼睛花了？

可是等到她看清楚爸爸嘴巴上面向上翘起的胡须时——那是她揪过无数次的小胡子——她再也控制不住自己的心绪，眼泪从眼角冒出来，伴随着她奔跑的脚步像是珍珠般落在地面上。

呜呜……这段日子她受了多少委屈，没有人来帮她……一点都不像公主！

紧紧地，她抱住了老爸的脖子。

"去战斗吧，现在不是哭泣的时候，爸爸很开心你竟然有如此的勇气，所以也想要送你一份礼物。"白尼斯杜特尔兰国王转动手指，在夏薇薇的眉心轻轻一点，圣洁的银色光泽顿时弥漫开来，夏薇薇裙摆飞扬，在不断放大灿烂的星星沙中耀眼得让人无法错开目光。

"我的小薇薇，从今天起，你已经彻底回归了彩虹之穹，恢复公主的身份，可以公平正义地与哥哥姐姐站在同一个战场上去完成自己的使命。"彩虹之穹的国王宠溺地看着自己的小女儿，他一直放心不下她，所以才会屈尊变成经纪人达文西守护在她的身边，看着她无助却不能实质性地帮助她……身为最最慈爱的老爸，"达文西"的心不知道有多疼……

夏薇薇只觉得浑身充满了力量，手脚变得格外有力，她扬起手臂擦掉脸上的泪花，脸上突然绽放出一个恶作剧般的笑容，纤细的手指对着老爸的脸轻轻一弹，啾的一声，只见国王脸上的胡须自动编起了小辫子，像是少女的发辫一般垂在嘴角。

"唔……"国王一愣，伸手摸摸变形的胡子，他拿自己调皮的女儿真是一点办法都没有。

"刚刚的那个是给老爸骗我的一个小惩罚……"夏薇薇扑哧一声笑起来，接着又伸出手臂揽住爸爸的腰，"我一定会努力的，爸爸，有你在我身边我什么都不害怕了！"

"呜呜……记得，打不过的时候一定要逃走……"国王似乎还没从达文西的身份中缓过神来。

"嗯！"夏薇薇振作精神，弯弯的眉眼下，一双眼睛像紫水晶！她暗自下决心，这次似乎没有逃走的可能性了！而且，她也不打算逃走。

抬起眼皮，夏薇薇担忧地看了一眼摄影棚的方向，不知道临阵脱逃会不会被导演骂?

"好嘞！"国王一个华丽的转身，变成了另一个夏薇薇出现在了寂静的走廊，连他的声音也变成了少女清脆的声音，"我会帮你参加这次节目录制活动，我的小夏薇薇，请你务必一心一意地加油！"

扑哧，夏薇薇忍不住咯咯笑起来，大眼睛坏坏地盯着老爸的脸，装作不高兴的样子："哼，老爸真是的，胡子胡子啦，人家哪里有长胡子！"

"噢噢噢噢，马上变没有！"国王脸色涨红，双手捂住胡子，直到它们消失……哎，糗大了，他可是正规地从"渡鸦会"里化作黑猫的形象试炼出来的国王啊……怎么可以在女儿面前搞出这么蹩脚的魔法……

白尼斯杜特尔兰国王不由得对小女儿刮目相看。

华丽的战斗

夏薇薇刚刚从录制节目的大楼里出来，立刻围上了黑压压的一堆记者，挡得她一步都动不了。

"夏小姐，听说你跟植安奎魔术师之间出现嫌隙，请问是因为经纪人和演员在演艺圈的潜规则吗？你跟达文西先生之间有什么秘密吗？"一个女记者因为激动脸色涨得通红，很八卦地问。

"对呀，夏小姐对于自己未来无限潜力的星途有什么看法和计划？"

……

夏薇薇正愁怎么绕开这么一大帮人，突然对面商业大厦的大屏幕上，老爸变身成她的样子，竟然在舞台上变化着不同的造型，夸张地又蹦又跳……样子十分滑稽！

"夏薇薇小姐在里面录制节目，对不起，你们认错人了。"夏薇薇大声说，抬起手臂指着前方。

记者们不由得一愣，纷纷扭头向后看去。

"悄无声息——遁。"趁着大家看大屏幕的空档，夏薇薇小声地驱动了魔法，意念里全部都是自己迫不及待要守护的地方——猫梨七号。现在她也是魔法师了，可以按照自己的意念来去自如，再也不用被植安奎嘲笑了。

她只感觉一阵风从耳边呼啸而过，再次睁开眼睛，四周的环境好熟悉！

嘿……虽然好久不用魔法，但是定位的洞察力还没有退化，真是太好了！要是植安奎在这里，她真要跟他比试一下，省得他再骂她笨蛋！

时间不早了，夏薇薇可以清晰地感觉到空气中的躁动不安。

她不由得放轻脚步，走在猫梨七号寂静的巷子里，身边不断冒出来的魔法力量逼迫她更加小心翼翼，必须要把战场封锁在猫梨七号，否则就会打扰到无辜的人……

夏薇薇惯性地从口袋里掏出钥匙，门开了一条细缝，她欠身走了进去，急忙关上门，接着是窗户，再把所有可能跟外界相联系的物件全部都搬到了屋子里去……

黑白电视机自动打开了，煮好的咖啡咕噜噜地冒着泡泡，夏薇薇给自己倒了一杯。

天空突然变了颜色，混混沌沌的。

呼……还好她回来得及时，她喝了一口咖啡。

"唔，"夏薇薇连忙抓住廊柱，稳住身子，大眼睛观察着四周的情况。

屋子开始剧烈摇晃，似乎快要支持不住了，外面也跟着响起了一片炸裂的声音，四周白烟散乱，天花板上的彩色琉璃瓦簌簌地散裂在屋子里。

"有请世纪顶级的魔术师植安奎为我们表演最新的魔术！"一声激情四射的宣告声吸引了夏薇薇的注意力，黑白电视机不知疲倦地转播着植安奎华丽耀眼的魔术。

"哇哇，植安奎太帅了！我们爱你！"台下的观众喝彩声此起彼伏。

在这个时候……他去表演魔术……夏薇薇的心往下沉……或者他不想来帮她了，毕竟皇室做了对不起他爷爷的事情。

咖啡杯子咣当一声落在地上，褐色的液体蔓延在地板上，伴着摇摆不定的屋子四散流淌。

夏薇薇几乎要站不稳了。

"修复！"她大声念着，腾起的手臂在半空中画起了咒符，粉色的光芒逐渐在她的手心里聚集成一根魔法棒，上面的红色蔷薇宝石光芒四射，美丽的星星沙在空中流动，墙上裂开的缝隙被强行粘连，像是没有毁坏过一样。

玻璃窗上的窗帘四散摇摆着，窗户边上留着一丝小缝，夏薇薇收住脚步，一只手挥动着魔法棒，不断地修复被震碎的墙壁和天花板，腾出另一只手来关窗户……

"啊——"她不由得惨叫一声，一只长相奇丑，动作诡异的动物伏在窗台上，尖利的牙齿正在吞噬窗台上的木头！猩红的眼睛恶狠狠地盯着夏薇薇，短短一会儿，原本如同老鼠大小的身体一下子变得大如猎犬且凶猛无比。

看来其他竞争者的魔法力量正朝着猫梨七号渗透……它们幻化为各种丑陋的模样，撕扯和撞击着猫梨七号。

砰的一声，玻璃被那只丑陋的怪物顶碎了，碎渣扑到夏薇薇脸上、身上。

夏薇薇挪不开身，她急中生智，抡起一把倚在门口的铁锹，冲着窗台挥了过去，果然那个吃木头的怪物被打晕，顺着窗户滚落下去。

"修复！"夏薇薇双手移过魔法棒，心中强烈的意念就是守住"猫梨七号"。已经被毁掉的窗户渐渐恢复成原来状态……

呼……夏薇薇剧烈地喘息着，额头上豆大的汗珠滚落下来，轻巧的魔法棒几个回合之后，变得重若千斤，她快没有驱动魔法棒的力气了。

"哇，我们的大魔术师又给我们带来了新的震撼，接下来是不是有幸运观众跟大魔术师植安奎合影哟！"黑白电视机上刚刚在意大利表演完魔术的植安奎意气风发，摆着帅气的pose跟观众合影。

"唔……"夏薇薇忍不住痛呼出声，一道赤红的火光刺破屋子的天窗，直直地打在了她的肩膀上，强烈的震感硬是把她摔倒在地。

"赤力格哥哥……"夏薇薇捂住受伤的肩膀，她可以感觉到温热的液体缓缓流出，眼泪沿着她苍白的脸颊落下来，"我们真的要战斗到互相伤害的地步吗？"

"夏薇薇，爆发出你最大的能量吧，那种眼泪是没有丝毫意义的。"哥哥的声音透过空旷的郊野，冲击着夏薇薇的耳膜。

天空被烧成了赤红色，灼热得让人无法呼吸，猫梨七号残破不堪的建筑，时不时被强烈的魔法气流刺穿……魔法气流在空气中横冲直撞……

夏薇薇的衣服上不知道破了多少小洞洞，年久失修的木门嘎吱嘎吱地响着，似乎马上就要裂开了。

"啊，不要！"夏薇薇尖叫起来，连忙挥动魔法棒把壁橱挡在了门前，一瞬间，沙发，桌子，灶台，凡是可以被移动的物品全部挡在了大门口。

好累……夏薇薇的力气快要耗尽了，植安奎、植安奎、植安奎、植安奎……我需要你的帮助……

"大魔术师植安奎今天兴致很好，要为观众们额外加上一场表演，大家欢迎吗？"主持人大声叫着。

"Benvenuto！ Benvenuto！ Benvenuto！"意大利的观众们情绪激动地回应着，他们的脸上澎湃着激昂。

植安奎……你再不回来我就要支持不住了！拜托你……快来吧……

"大魔王，除非你想要猫梨七号毁于一旦，那你就在外面尽情地玩吧！"夏薇薇几乎用尽了所有的力气，伴随着沙哑的声音，屋顶处突然发出湛蓝的星星光泽，一直蔓延到天幕尽头，无数的星光追逐，蓝光在草叶上、玻璃窗上弹跳扑朔……屋子像是气数殆尽一般摇摇欲坠。

咔咔几声，电视机画面黑掉了，接着顶部冒起了白烟，屋子里充满了烧焦的味道。

怎么回事？夏薇薇跳起身来拍拍电视机，可是一点动静都没有！

电视机也坏掉了！

"呜……我还是失败了……大家都要跟着我一起倒霉，我真的是笨蛋，我不配做彩虹之穹的小公主……"夏薇薇把手里的魔法棒向前一推，白色的星星沙在空中转着圈圈，最后铺撒在猫梨七号满是漏洞的穹顶上。

她一点力气都没有了，软趴趴地倒在洒满玻璃碎片的地板上，仰望着破烂不堪的屋顶。

"笨蛋，快点振作起来好好战斗！"一条七彩的星星沙裹住了夏薇薇的身体，替她挡住不断落下来的金属碎屑。

"女巫大婶？"夏薇薇惊讶地抬起头，望着在天空中摇摆飞翔的老婆婆，她已经变回来了吗？

"对，快点起来，我变身朴秀琳的时候就是为了磨炼你的心性，没有想到你还是那么脆弱，真是白费了白尼斯杜特尔兰王子殿下的苦心……"女巫大婶说完，挥舞着魔法棒向着战火遍布的天空中飞去……

"谢谢你！"夏薇薇的心像是被鼓舞了一般，刹那间眉开眼笑。

"黑猫……小坏蛋……在'渡鸦会'完成试炼之后竟然都没有再来看过我们，当了彩虹之穹的国王就把我们这帮老师忘记了，真是忘恩负义的家伙！"一个娇滴滴的声音响起，可是循声看去竟然是一位腾在半空中长满白胡子的老爷爷，他怀里抱着一只通体漆黑的猫咪，一手缓缓地摸着它光滑的皮毛，一手抓着一根赤金魔法棒向着天空飞去，只见一道道湛蓝的魔法光辉很有力量地直插云端，抵挡住激烈的攻击。

"摩卡拉，我实在是不喜欢赤力格夸张的红色，哼，真是不懂事的孩子。"一位满头粉色头发的老奶奶闭了一下眼睛，手里精致的五彩魔法棒轻轻一旋，顿时赤红炙热的天空一下子暗了下来，原本吞吐火焰的赤红的云朵似乎也没了力气，渐渐恢复成了白色的模样。

"盛碧拉，这样会不会太狠了点？赤力格好歹也是你亲自赋予的掌管红色权利的人。"那个唤作摩卡拉的魔法师嘟嘟嘴巴，白胡子仍不停息地向着天空飞去，时不时掉下来一些怪兽，一时间四周恶臭阵阵。

他们是谁?

夏薇薇只觉得惊讶万分,没有想到关键时刻竟然来了两位老人家来帮助她!

天空中躺在摩卡拉怀里的黑猫心有灵犀般地冲着她眨眨眼睛,夜色中宝石一般的眼睛闪烁着逼人的光彩。

他们……是爸爸派来的吗?

"赤、橙、黄、绿、青、蓝——合聚!"纷杂的天空中不知道谁大叫了一声,原本分别作战的几股力量全部汇聚在了一起,顿时像是刮起了一场龙卷风一般,漫天卷起了纷纷扬扬的烧焦的黑色碎片。

喵——摩卡拉怀里的黑色猫咪不知道怎么回事,凄厉地叫了一声,翘起尾巴向着天空飞去,黑尾巴上燃着一朵火焰,猫咪焦急地想要把火苗扑灭,在空中来回翻滚着。

"还真是淘气!"摩卡拉开心地看着小猫受虐,脸上竟然笑开了花。"盛碧拉,等猫咪的黑毛烧没的时候,辛苦你给它换一种颜色。"

"哼,我才不要做那种事情。"盛碧拉赌气,顺便扬起手里的魔法棒对着猫咪的尾巴猛地喷水。

喵——猫咪哀怨地叫了一声,跳离了摩卡拉,向着夏薇薇奔去。

"你是……爸爸吗?"夏薇薇十分疑惑地盯着立在自己肩膀上正在舔着尾巴的黑色猫咪。

喵——回答她的是一声拉长的猫叫声,黑猫一脸无辜地盯着她。

"爸爸,你要帮我,他们那么多人,我寡不敌众,呜呜!只要你肯动手帮我,我一定做一个乖女儿,什么都听你的。"夏薇薇双手拱在胸前，尽量做出一副楚楚可怜的样子，此时不撒娇更待何时。

喵！猫叫声更加大了！

"好了啦，老爸不帮忙就算了，我自己来，哼哼。"夏薇薇嘟嘟嘴巴，在这个关键时刻，老爸还忍着不帮助她，万一要是有个三长两短，他就没有这么可爱的小女儿了。

刺啦一声，一簇火苗从天空霹了下来！

喵呜！喵——喵呜！一阵阵惨烈的猫叫声撕裂了天空，黑猫被闪电劈了个正着，在地上疯狂地跳着。

夏薇薇发誓，这是她听到的最惨的猫叫声。

怒火从她的心里发出，怎么可以欺负她老爸！

"爸爸，我为你报仇。"夏薇薇抱起被烧焦的黑猫，让它倚在自己的肩膀上，心里暗自念了一个咒语，腾起身子向着天空飞去。

好烫……痛……为什么战争的时候都要用上大火呢？真的好痛！

夏薇薇给猫咪下了一个保护的结界，她可以感觉到它安稳地立在她的肩头，像是要跟她并肩作战。

"破——"夏薇薇大呼，魔法棒直逼迎面而来的黑色魔艇，上面锃亮锋利的齿轮不断地切开阻碍的东西，黑压压的秃头鸟的身子被斩断，它们却像不知道痛一般继续飞着，拼命地攻击摩卡拉一行人……

五彩星星沙全部扑撒在眼前的大怪物身上……可是……面对他们的铜墙铁壁，夏薇薇的魔法就像是小儿科一般，直接涣散掉了。

"爸爸，该怎么办？"夏薇薇感觉脸上被飞艇逼过来的光芒刺得很痛，身子一时间被卷到了气流中，无法挪出来，银色的齿轮恐怖地旋转着……还差几米就要压到她身上了……

"爸爸……爸爸……你怎么不说话？"夏薇薇惊得不得了，浑身都跟着发抖。

喵喵喵……猫咪显然被吓坏了，仓皇地叫着，在夏薇薇肩膀上的保护结界里上蹿下跳。

"我听不懂猫语……"夏薇薇的声音也跟着颤抖起来。

"笨蛋！怎么不知道逃走？！找死呀！"

熟悉的咆哮声响起……

"你那么大声地叫我回来帮忙，本少爷觉得好吵！"声音还是那么不客气。

夏薇薇的身体被猛地往下推了一下，跟着一道黑色的影子华丽地绽放，迅速对着前方的大怪物扑过去，两个速度极快的物体相撞，顿时炸成了一片红色的火海。

"植……植安奎……"半空中，夏薇薇逐渐下坠，黑色的发丝弥漫开来，她眼睁睁地看着那个黑影跟大怪物一起葬身在红色的火焰里……她甚至没有来得及看清他的脸……

天空中不断落下烧焦的黑色灰墟，翻翻腾腾地裹住她的周身，刚刚的那一幕，她还没有完全反应过来。

他回来了！终于回来了！他还是回来帮她的！并没有抛下她！

她就知道植安奎会回来的，因为她那么强烈地需要他……他听到她的求助了！

风还是那么烈，热气逼迫着她的眼睛，心头不知道怎么回事，为什么酸了一下，眼睛涩涩的……似乎……

"啊！"她的心绷紧了，红色的火海散去，她的眼睛清晰地看见了立在空气中的熟悉的影子，尽管衣衫褴褛，被风撕扯成一片一片的，可是她知道……植安奎……还活着……

那个影子迅速下滑，快得像一只飞鸟……直直地向着她的方向，接着，腰上被轻轻一托，夏薇薇下坠的身子停滞在了一个有力的怀抱里。

"你乖乖待在猫梨七号，好好把屋子给我打扫干净，剩下的就交给我了！"植安奎英俊的脸上布满灰尘，如同深潭般的眸子盯着夏薇薇的眼睛，很认真地叮嘱她。

飘扬的黑发间，她可以看见他脸上的伤痕，一丝丝地渗出鲜血。

呜……植安奎还是回来了，她知道不会是她一个人的，这下子大家都来了，大家都来帮她了！想到这里，夏薇薇竟然一句话都说不出来，鼻子发酸……

"不要哭，现在不是流眼泪的时候。"植安奎抱着她把她放在猫梨七号的门口，"现在，我们需要齐心协力，没有人可以选择懦弱，所以要加油。"

夏薇薇瞪大眼睛看着他，硬是把眼泪憋了回去。

眼看着植安奎丝毫不惧地再次战斗，她深深地吸了一口气，手中挥动着魔法棒，逐字逐句地念着"修复"的魔法，破败的屋子上，红色的蔷薇花，簌簌的紫风铃，粉嫩的豆蔻……像是被感召一般沿着破裂的墙体一点点蔓延开来，直到灰色的墙壁上生机勃勃地长满了翠色的叶子和鲜艳的花朵。

"这种事情，也有我一份的！"夏薇薇屏住呼吸，她从来都没有感觉到自己像今天这么勇敢过，难道这都是植安奎给她的力量吗？

突然，她在人群中看见了一个金发少年，白衣黑裤只是绚丽地一转,突然少年变成了一只长满硬毛的飞兽,阴鸷的目光对着翻卷的天空直逼植安奎,凶狠的獠牙暴露在空气里,眼睛里粘着血腥……他是卢玛尔?!怎么变成这……怪物了?!

植安奎有危险!

她连忙放倒了身边的一只巨型飞蚁,顾不得自己受伤的肩膀,向着飞兽奔去,在它即将扑到植安奎的一刹那,夏薇薇拉出一条魔法丝线捆住了飞兽的脚。

"卢玛尔!你怎么可以学习黑暗魔法!"植安奎像是意识到了,转过头,看到辛苦喘息摇摇欲坠的夏薇薇,瞳孔缩起,挥动魔法棒对着飞兽当头一棒!

飞兽发出一声惨烈的嘶鸣,卢玛尔身上的毛发渐渐褪去,苍白的脸上写满不甘!

"真正要赢我,就用正义的魔法,不要让我看到你邪恶的一面!"植安奎的声音自暗处发出。

卢玛尔挣开夏薇薇的钳制,只是瞪了她一眼,接着飞身向着黑暗处奔去。

"你一定要小心!"夏薇薇急切叮嘱,希望植安奎可以平安无事。

可是天空一下子黑了下去,她一瞬间什么都看不到。

夏薇薇搜索着黑黢黢的天幕,心里着急得不得了。

……

原来,原来各种颜色混杂在一起之后就会变成最污浊的黑色……因为……因为……他们终于联合在一起了吗?

夏薇薇愣了一下,感觉黏稠的空气无法呼吸。

喵——一声撕心裂肺的猫叫声,黑猫绿色的瞳孔像是预知了什么一般,猛地缩小。

"我将以爷爷的名义——守护美蒂缇拉朵西亚王妃——守护夏薇薇公主!"伴随着一声呼喊,一根黑色的魔法棒无限地放大,蓝色的魔法光辉带着强烈的电流和力量刺破黑暗,天空突然绽放出无数绚丽的烟火,各种各样的颜色,时而相对,时而奔离,黑暗的天幕逐渐明朗,高贵的紫色,华丽的蓝色,绚烂的红色,精致的黄色,从猫梨七号的琉璃屋顶上飞过,在天幕转着圈圈,像是调皮的儿童,舍不得飞走一般,一片湛蓝之后,瞬间天空变成了紫色,紫色过后,又变成了黄色……

一阵轻扬的乐声滑过,天空突然安静下来,绽放过斑斓的色彩之后,到处都飘扬着彩色的花瓣,带着挥之不去的香味,围绕着天幕下的每一个人……

银色的星星沙……

一片,又一片,缓缓跌落的是……漫天的雪花……落在裸露的肌肤上,有点寒。

"爸爸,是下雪了吗?都结束了吗?"夏薇薇伸出手掌,托起雪花,感受着它们瞬间即化的温度,她突然想起……用魔术变出来的雪花,是不真实的,因为不会融化。

可是,今天的落雪,真的,真的融化了。

"小丫头,把猫咪还给我,唷,植安奎那小子还不错,嘻嘻,都被打败了耶!"摩卡拉脸上的白胡子在刚才的大战中已经变成了焦黑色,现在沾上漫天的落雪,又变成了白胡子,他向夏薇薇讨回猫咪。

"哦耶!我变回女巫身份了!太好了!太好了!"天空中四处炸开了一阵激动的声音,女巫大姊摇摆着胖胖的身子,把身边的雪花变成了各种各样的颜色和形状,有小鸟,小兔子,一会又变出一只大老虎,追着小动物们四处乱跑……

"摩卡拉啊,世界上果然还是雪花的颜色洁白耀眼……"盛碧拉从光影中逐渐现形,迷醉地望着天空的落雪,喃喃地说。

"嘻嘻,都是被打败的怪兽的尸体啦,不过真是奇怪,那么丑陋的东西,死掉以后竟然会变成洁白的雪花。"摩卡拉捋了一把胡子,手里的银色魔法隐隐发光,清理着胡子上的污垢。

他的身后,站着好多魔法师,还有乔森,还有很多夏薇薇没有见过的,他们看起来都很狼狈,灰头土脸的,可是脸上的表情却那么自豪骄傲……

人好多,大家都平安无事,可是……

那个自负又讨厌的大魔王呢?蛮不讲理又臭屁的植安奎,为了守护爷爷一直执拗到不肯回头的植安奎呢?为什么大家都回来了,却不见他的影子!

夏薇薇车矢菊一般美丽的眸子在密集的人群中搜索着,哪怕看见他黑色的法袍一角,哪怕是听到那声熟悉得不能再熟悉的"笨蛋"或者"傻瓜"……可是就是找不到他。

喵!黑猫大叫了一声,从夏薇薇的肩膀上跳下。

"爸爸,你说,难道植安奎死掉了吗?你们还在这里做什么,快去找他呀。"夏薇薇急切地叫着。还有爸爸为什么不帮她,只会喵喵叫!

"哼,我们'渡鸦会'又一次帮皇室解决了危机,身为'渡鸦会'下一届的继承人,竟然被人大呼小叫,真是太过分了!"人群中,不知道谁反驳了夏薇薇一句,声音冷漠又咄咄逼人。

"对啊,现在公主要继承皇位了,就要夺走我们的自由!"人群中跟着附和。

"我……"夏薇薇支吾着,却不知道如何回答。

不是大呼小叫,也不是命令,是因为植安奎他……他有可能会死掉啊!

世界好安静,因为,夏薇薇无助地蹲下身子,双手掩住了面庞,继承皇位……似乎不开心呀。

"笨蛋,还愣在那边干吗?没看到本少爷挂彩了啊?快过来扶一把啦!"

人群中,那个熟悉的咆哮的声音,专属于夏薇薇的超级生气的声音。

太阳透过密集的人群,给每一片落雪都镀上了一层金边,光影中,一身褴褛的少年魔术师懒洋洋地立在街边的邮筒旁,隔着人群那么远,却又那么让人挪不开目光。

"植安奎,你……你没有死!我以为……呜……"夏薇薇心头发酸,脚步踉跄了几下,像是扑向最美丽的晨曦,但是最终站在地上没有移动一步。

或许时光就被定格在了这一刻。

刚刚结束了魔法大战的碧空之下,公主目不转睛地看着她的守护者。而那个骄傲的少年魔术师,虽然受了伤,嘴角却挂着一抹笑意。

两人的目光在错综的人群中相遇。

不再被弹开。

就这样静静地、长久地注视着,勇敢而又坚定。

番外篇

滴答——滴答——

几滴钻石一般的水滴打在了大理石面的小径上,跟落雪融在一起,发出璀璨的光芒。

邮筒旁,少年的脸色刷的一下变得苍白:她终于流眼泪了……

"唔,好累……咳咳,一切都尘埃落定,终于该我出场了,呼……守着这个屋子将近二十年,真是不容易呀。"一个声音像是隔了千山万水,沙哑又低沉,陈旧破碎的猫梨七号嘎嘎地响了几声,轰的一声,塌成一片废墟。

"川仁兄,你总算肯出来见我了,我也总算等到你了。"站在不远处的摩卡拉把手里的黑猫往空中一丢,双眼冒出极为强烈的火花,向着猫梨七号扑过去。

连一向淡定、刻薄的盛碧拉也忍不住了,跟着跑了过去,再接着就是呜呜啦啦的一片魔法师，夏薇薇见到"渡鸦会"的长老们围了过去，也跟着凑热闹去了。

"夏薇薇，恭喜你。"林沐夏从人影中走出来，温柔的目光似乎要融化天上的星星。

"你……"夏薇薇震惊地盯着月光中温柔的少年，心里隐隐不安，暗自嘀咕，他曾经说会帮助他的利益代言人，不会跟她站在一条战线上的。可是又偷偷帮她送信，他到底是敌是友？

看到夏薇薇防备的神情，林沐夏只是微微一笑，他的唇角轻扬："虽然每个人都有自己的任务和使命，但是，我和夏薇薇是好朋友，所以给你一点点帮助是应该的，况且这场战斗，我也做了自己应该做的事情。"

林沐夏突然低下头，眼眸里氤氲着湿气："你没事吧，战斗中的重型器械全部是我代理向国外购买的，我想一定给你造成了很多干扰。"

"不，谢谢你！"夏薇薇点点头，目光紧紧地盯着不远处的植安奎。她的心里一阵释然，林沐夏已经够朋友了，没有他，损失会更加惨重，不过也是因为他，她这场战斗才更加惨烈。"不管怎么说，我们都在做自己的事情。不过现在全部过去了，我们还是好朋友，对不对？"夏薇薇扬起脸庞对着林沐夏伸出手。

"谢谢你肯原谅我。"林沐夏低声回应着，长长的睫毛湿润起来，握住了她的手。

"我的小薇薇，你这样叫我很伤心耶！"突然有人嗲嗲地叫起来，打破了朋友和好的良好氛围，天空中一道金色的光芒缓缓落下，白尼斯杜特尔兰国王华丽地现身了！他正颇感苦恼地揪着那条刚刚被摩卡拉抛到空中狂乱挣扎的黑猫尾巴，声音很无奈。

有什么办法呢？植安奎那小子随便抓了一只流浪猫忽悠摩卡拉，只是为了交换一个秘密……

没有想到却把自己的亲生女儿骗得乱七八糟的，冲着一只野猫叫爸爸，令自己这个魔法国的国王情何以堪，情何以堪呀！黑猫，星探，傻傻分不清楚，小夏薇薇可真是一个小笨蛋！

"对不起，呜，我真的没看出来。"夏薇薇吃惊地盯着从天而降的老爸。

"白尼斯杜特尔兰国王，美拉王妃还好吗？"这个声音很耳熟，夏薇薇不由得循声看去。

呃……又一个"植安奎"，他年轻的容颜看上去不过三十岁左右，身体仪态都像极了植安奎，一身精致华美的宫廷魔法师袍上坠着耀眼的金色勋章，流瀑一般的长发只是用一柄金簪随意地绾了一下，自然又潇洒，只不过头发比大魔头要长，眼睛也更加细长一些，似乎，比大魔王多了一种味道，有点魅惑……

"托您的福，她很好。"一身华服的白尼斯杜特尔兰国王对着男子致敬。

"那我就放心了，'渡鸦会'早已收归彩虹之穹皇室，不曾有叛变之心，而我也早已放弃了想要冲进皇室带走王妃的念头，哎，希望她好。"男子叹息，深邃的眼神黯然下去，很快恢复平静，他抬起眼眸，看了一眼立在远处的植安奎，眼神颤抖了一下，不自禁地伸出手："孩子，过来。"

一身破烂、狼狈的植安奎倔犟地别过头，肩膀颤了一下，才垂下眼眸，缓缓地向着男子走去。

"我是你的爷爷，植川仁。"他骨节清晰的手指滑过植安奎的头发，扑了个空，奇怪的是，他的手竟然是透明的！

那个男子，不是实体，仅仅是个意念！

"孩子，你最终还是走上了我这条路，一辈子承载着'皇室封印'无法解脱。因为要避免这种情况发生，我才立下家规，极力避免家族子孙学习魔法，看来一切都是枉然。"植川仁声音低沉，细长的眉眼看向了远方，空洞得似乎没有聚焦。

"这个……"植安奎猛地颤抖了一下，难道摩卡拉说的是真的——他完成了使命之后，换来的就是捍卫皇室一辈子——不得自由！

"情景魔术、黑色魔术、卡通魔术、飞行魔术、大型幻术……魔术师什么都会变，除了……心。"植川仁闭了一下眼睛，轻轻摇了摇头，"我对于美拉王妃，一辈子不会变的……只有……"他的手指放到了自己的胸口，而那里只是一片虚无。

"川仁，这么多年了，你还是这么年轻英俊，哎呀，岁月无情呀，为什么就不在你脸上留下点什么呢？当年皇宫招魔法师的时候，就不该推荐你去，都是太帅惹的祸呀。"摩卡拉用尖尖的音调调侃着，嘴巴撇了撇，似乎有些不满。

"爷爷，那你被送到祭台惩罚……"植安奎抬起头，眼睛里写满了不甘。

"嘘——"他的话被爷爷打断了，植川仁像是故弄玄虚般冲植安奎笑笑，"孩子，那是我心甘情愿的……"

"噗——"盛碧拉再也忍不住笑出声来，她斜着眼睛盯着大言不惭地植川仁，嘴巴嚅了几下，"哼，不知道是谁当年信誓旦旦要找皇室报仇，结果又在危难时刻弃暗投明，跑去救助美拉王妃和她的儿子，如果不是你太过于感情用事，恐怕也不会生生世世，甚至是自己的每一个后辈都背负上守护皇室的使命，不得自由！包括眼前的这个孩子……"盛碧拉叹息了一声，扫了一眼植安奎和夏薇薇。

他们那么年轻，却在还没出生的时候，就被长辈们的恩怨定下了如此的宿命。

"咳咳，你们说话还是要注意一点点的，好歹我还在这里。"白尼斯杜特尔兰国王尴尬地咳嗽了几声，郁闷呀，他身上既有"渡鸦会"的恩情，又有着捍卫皇室不被侵犯的正义，所以夹在中间左右为难，但是，事情已经很明显，早在十几年前，"渡鸦会"已经归顺了皇室，这几个长老不过是在叙旧。

"爸爸，那个皇室封印不可以解开吗？"夏薇薇突然大声说，美丽的眸子里闪着灼灼的光芒。

怪不得她跟植安奎在一起接触的时候，常常感觉冰火两重天，原来是皇室封印让他们不得自由，他只能守护她，如同今天一样，其他的什么都做不了。

"呃……那个是爷爷用神之魔力施展的魔法，我似乎没有办法。"白尼斯杜特尔兰国王转过身，继续咳嗽。谁让植川仁大魔法师……哦，年少风流，竟然爱上了美拉，也就是白尼斯杜特尔兰国王的妈妈，结果惹得他老爸不开心，就永远限制了他们。

"盛碧拉，你嘴巴还是这么不饶人。"植川仁眯起眼睛笑笑，声音柔得像一阵风，星辰般的目光看着他自认为比本人还要优秀的植安奎，叮嘱着："其实，我早就满足了。这个世界上，破解这个封印的唯一办法，就是守住自己的心——不要轻易动心，也不要轻易失心，那样你就自由了。"

"爷爷。"植安奎微愣，心里像是被什么震颤了一下，但是又说不清是什么味道，只是呆呆地看着爷爷的脸，可是眼前的爷爷……一点一点地涣散，消失，单薄的幻影最后只变成了一片银白的星星沙，就像他从来不曾存在一般。

"听他的吧，他也是想通了才舍得离开。用了十几年的光阴，他终于明白了。记着你爷爷的话,'渡鸦会'的大门时时为你敞开。"摩卡拉叹息了一声,昔日的老友最终还是形神皆涣散消失,而他为皇室创造的辉煌仍然铭记在人们心中。

摩卡拉转身,跟着他走开的是一堆魔法师,大家似乎没有明白太多上辈子的恩怨,但也不好去问,只好跟着"渡鸦会"一起隐没在空气中,隐约中,夏薇薇看到了一个金发少年,他低着头,平静得如同一汪水波。

"你打败卢玛尔了?"夏薇薇小声问植安奎。

"没有,他一直在看我战斗,甚至还出手帮我。我们没有比试。"植安奎看着完全被吸引的夏薇薇,突然脸上露出一抹坏笑,"因为战斗的时候太强悍,他心服口服了。"

……无语。

"不过你听懂刚刚魔法长老们的话了吗?"夏薇薇选择忽视他的臭屁,不解地看着植安奎,刚刚植川仁是什么意思?听不懂!

"我当然听懂啦!不就是……"植安奎很臭屁地抱着胸,一副很有体会的样子,不过还是打了一个咯,呢……不失心……不动心……是什么意思?

他下意识地扭过头,浑身褴褛的夏薇薇此时看起来那么美丽……像一位公主!

丁零——丁零——

地上突然腾起两道璀璨的白光,渐渐向着植安奎胸前飞去。

仔细一看,原来是夏薇薇刚刚落在地上的泪珠……

"我的小薇薇,你找到了自己的守护者。你的眼泪将成为新一代的皇室封印,缔结着彩虹之穹的皇室血统与'渡鸦会'魔法师的契约。"白尼斯杜特尔兰国王兴奋地抱住了夏薇薇。

"你是说,'公主的守护'者是……大魔王!"夏薇薇有些吃惊，盯着植安奎。

"喂，笨蛋，你这副表情很伤我的心耶！你难道是才想到这一点吗？"植安奎无奈地看着后知后觉的夏薇薇。

白尼斯杜特尔兰国王满怀笑意地看着眼前的两个孩子，然而，他的眼底却隐约闪过一丝忧虑。

他在心里默默地说出一句话，却没有出声："我的小薇薇，你的眼泪已经和那孩子缔结了皇室契约。从此，那孩子的二分之一灵魂将被锁在彩虹之穹的高塔之中……"